Karoline von Günderode, geboren am 11. Februar 1780 in Karlsruhe, am 26. Juli 1806 in Winkel am Rhein gestorben, ist heute eher durch Bettine von Arnims Briefroman *Die Günderode* (it 702) in Erinnerung oder durch Christa Wolfs Erzählung *Kein Ort. Nirgends* als durch ihr dichterisches Wirken. Ein schmales Bändchen mit »Gedichten und Phantasien«, das sie 1804 unter einem Pseudonym drucken ließ, und eine Sammlung »Poetischer Fragmente«, die im Jahr darauf erschien, sind längst in Vergessenheit geraten. Der vorliegende Band gibt in modernisierter Schreibung eine Auswahl.

Sie war zweifellos eine außergewöhnliche Frau und zudem eine ungewöhnliche Schriftstellerin. »Wie ihre Verfasserin waren die Gedichte nicht fest verbunden mit dieser Erde. Sie erhoben sich gern in die Lüfte. Schwebten davon. Orientalische Märchen und Legenden, der Günderode durch Herder vermittelt, hatten sich in ihre Sinne gesetzt, halfen ihr in den Tod und schmückten, zu eigenem Zauberspruch geworden, das Grab.« *Wolfgang Koeppen*

Franz Josef Görtz, Jahrgang 1947, lebt als Literaturredakteur der *Frankfurter Allgemeinen Zeitung* in Frankfurt am Main.

insel taschenbuch 809

Karoline von Günderode

Gedichte

Karoline von Günderode

GEDICHTE

Herausgegeben von
Franz Josef Görtz

Insel Verlag

Umschlagabbildung: Karoline von Günderode.
Brustbild im Profil. Lithographie von C. Lang
Freies Deutsches Hochstift Frankfurter Goethemuseum

insel taschenbuch 809
Erste Auflage 1985

Vertrieb durch den Suhrkamp Taschenbuch Verlag
Umschlag nach Entwürfen von Willy Fleckhaus
Satz: Fotosatz Otto Gutfreund, Darmstadt
Druck: Nomos Verlagsgesellschaft, Baden-Baden
Printed in Germany

1 2 3 4 5 6 – 90 89 88 87 86 85

INHALT

Gedichte und Phantasien

Poetische Fragmente

Melete

Aus dem Nachlaß

Gedichte und Phantasien

DON JUAN

Es ist der Festtag nun erschienen
Geschmücket ist die ganze Stadt.
Und die Balkone alle grünen,
In Blumen blüht der Fürstin Pfad.
Da kommt sie, schön in Gold und Seide
Im königlichen Prunkgeschmeide
An ihres neu Vermählten Seite.

Erstaunet siehet sie die Menge
Und preiset ihre Schönheit hoch!
Doch Einer, Einer im Gedränge
Fühlt tiefer ihre Schönheit noch.
Er möcht in ihrem Blick vergehen
Da er sie einmal erst gesehen,
Und fühlt im Herzen tiefe Wehen.

Sein Blick folgt ihr zum Hochzeitstanze
Durch all der Tänzer bunte Reihn,
Er stirbet bald in ihrem Glanze
Lebt auf im milden Augenschein.
So wird er seines Schauens Beute,
Und seiner Augen süße Weide
Bringt bald dem Herzen bittres Leide.

So hat er Monde sich verzehret,
In seines eignen Herzens Glut;
Hat Töne seinem Schmerz verwehret,
Gestählt in der Entsagung Mut;
Dann könnt er vor'gen Mut verachten
Und leben nur im tiefen Schmachten,
Die Anmutsvolle zu betrachten.

Mit Philipp war, an heil'ger Stätte,
Am Tag den Seelen fromm geweiht,
Sein Hof versammelt zum Gebete
Das Seelen aus der Qual befreit;
Da flehen Juans heiße Blicke:
Daß sie ihn *einmal* nur beglücke!
Erzwingen will ers vom Geschicke.

Sie senkt das Haupt mit stillem Sinnen
Und hebt es dann zum Himmel auf;
Da flammt in ihm ein kühn Beginnen,
Er steigt voll Mut zum Altar auf.
Laut will er seinen Schmerz ihr nennen,
Und seines Herzens heißes Brennen,
In heil'ger Gegenwart bekennen.

Laut spricht er: Priester! lasset schweigen
Für Tote die Gebete all.
Für mich laßt heiße Bitten steigen;
Denn größer ist der Liebe Qual,
Von der ich wen'ger kann genesen,
Als jene unglücksel'gen Wesen
Zur Qual des Feuers auserlesen.

Und staunend siehet ihn die Menge
So schön verklärt in Liebesmut.
»Wo ist, im festlichen Gepränge?«
Denkt Manche still, »die solche Glut
Und solches Wort jetzt hat gemeinet?«
Sie ist's, die heimlich Tränen weinet,
Die Juans heiße Liebe meinet.

War's Mitleid, ist es Lieb' gewesen,
Was diese Tränen ihr erpreßt?
Vom Gram kann Liebe nicht genesen,
Wenn Zweifelmut sie nicht verläßt.
Er kann sich Friede nicht erjagen;
Denn nimmer darf's die Lippe wagen,
Der Liebe Schmerz ihr mehr zu klagen.

Nur einen Tag will er erblicken
Der trüb ihm nicht vorüber flieht,
Nur eine Stunde voll Entzücken
Wo süße Liebe ihm erblüht,
Nur einen Tag der Nacht erwecken,
Es mag ihn dann, mit ihren Schrecken
Auf ewig, Todesnacht bedecken.

Es liebt die Königin die Bühne,
Erschien oft selbst im bunten Spiel.
Daß er dem kleinsten Wunsche diene
Ist jetzt nur seines Lebens Ziel.
Er läßt ihr ein Theater bauen,
Dort will, die reizendste der Frauen,
Er noch in neuer Anmut schauen.

Der Hof sich einst im Spiel vereinet,
Die Königin in Schäfertracht,
Mit holder Anmut nun erscheinet
Den Blumenkranz in Lockennacht.
Und Juans Seele sieht verwegen,
Mit ungestümem wildem Regen,
Dem kommenden Moment entgegen.

Er winkt, und Flamm und Dampf erfüllen,
Entsetzlich jetzt das Schauspielhaus;
Der Liebe Glück will er verhüllen
In Dampf und Nacht und Schreck und Graus;
Er jauchzet, daß es ihm gelungen,
Des Schicksals Macht hat er bezwungen
Der Liebe süßen Lohn errungen.

Gekommen ist die schöne Stunde;
Er trägt sie durch des Feuers Wut,
Raubt manchen Kuß dem schönen Munde,
Weckt ihres Busens tiefste Glut.
Möcht sterben jetzt in ihren Armen,
Möcht alles geben! ihr, verarmen,
Zu anderm Leben nie erwarmen.

Die eilenden Minuten fliehen
Er merket die Gefahren nicht,
Und fühlt nur ihre Wange glühen;
Doch sie, sie träumet länger nicht,
Sie reißt sich von ihm los mit Beben,
Er sieht sie durch die Hallen schweben.
Verhaucht ist der Minute Leben.

Mit sehnsuchtsvollem, krankem Herzen
Eilt *Juan* durch die Hallen hin.
In Wonne, Gram und süße Schmerzen
Versinket ganz sein irrer Sinn,
Er wirft sich auf sein Lager nieder,
Und holde Träume zeigen wieder
Ihm ihr geliebtes, holdes Bild.

Die Sonne steiget auf und nieder;
Doch Abend bleibt's in seiner Brust.
Es sank der Tag ihm, kehrt nicht wieder,
Und sie, nur sie ist ihm bewußt,
Und ewig, ewig ist gefangen
Sein Geist im quälenden Verlangen
Sie, wachend träumend, anzuschaun.

Und da er wacht aus seinem Schlummer
Ist's ihm, als stieg' er aus der Gruft,
So fremd und tot; und aller Kummer
Der mit ihm schlief erwacht und ruft:
O weine! sie ist dir verloren
Die deine Liebe hat erkoren
Ein Abgrund trennet sie und dich!

Er rafft sich auf mit trüber Seele
Und eilt des Schlosses Gärten zu;
Da sieht er, bei der Mondeshelle,
Ein Mädchen auf ihn eilen zu.
Sie reicht ein Blatt ihm und verschwindet,
Eh er zu fragen Worte findet,
Er bricht die Siegel auf und liest:

»Entfliehe! wenn dies Blatt gelesen
Du hast, und rette so dich mir.
Mir ist, als sei ich einst gewesen,
Die Gegenwart erstirbt in mir,
Und lebend ist nur jene Stunde,
Sie spricht mir mit so süßem Munde,
Von dir, von dir, und stets von dir.«

Er liest das Blatt mit leisem Beben
Und liebt's, und drückt es an sein Herz.
Gewaltsam teilet sich sein Leben,
In große Wonne – tiefen Schmerz.
Sollt er die Teuerste nun meiden?
Kann sie dies Trauern ihm bereiten!
Soll er sie nimmer wieder sehn?

Er geht nun, wie sie ihm geboten;
Da trifft ein Mörderdolch die Brust.
Doch steigt er freudig zu den Toten,
Denn der Erinn'rung süße Lust,
Ruft ihm herauf die schönste Stunde,
Er hänget noch an ihrem Munde;
Entschlummert sanft in ihrem Arm.

DER ADEPT

Ein Weiser, der schon viel erforschet,
Doch nie des Forschens müde war,
Gelangte einst zum Indier Lande,
Nach manchem langen Wandrungsjahr.

Die Priester dieses Landes rühmen
Sich viel geheimer Wissenschaft,
Sie wissen Sein und Schein zu trennen,
Und kennen aller Dinge Kraft.

Zum Schüler läßt sich Valus weihen,
Verbindet sich durch einen Eid,
Geheimnisvoll, zu diesem Orden,
Wie es der Priester ihm gebeut.

Wie eitel all sein vorig Wissen;
Das siehet bald schon Valus ein,
Kannt' er doch nie der Dinge Seele
Begnügt' an Namen sich und Schein.

Eins sieht er nun in jeder Summe,
Sieht den Naturgeist immer neu
Und immer alt in ew'gem Wandel
Wie er in allen Formen sei.

Jetzt kann er die Natur belauschen,
Er kann ihr tiefstes Wirken schaun,
Weiß, wie die Stoffe sich vermählen
Und wie die Erden sich erbaun.

Jetzt gibt man ihm die dritte Weihe,
Ein Vorzug wen'ger Weisen nur;
Denn sie, die alles sonst durchschauten
Beherrschen jetzo die Natur.

Nachdem er dreimal so geweihet,
Hat er den großen Schritt getan,
Der seines Lebens lange Reise
Geschieden von der Menschheit Bahn.

Viel Zeiten gehn an ihm vorüber,
Er siehet die Geschlechter fliehn,
Und bleibt allein in allem Wandel,
Indes die Dinge kommen, ziehn.

Nachdem er oft den Kreis gesehen
Den immer die Natur gemacht,
Ergreifen Schauder seine Seele,
Denn Alles kehrt wie Tag und Nacht.

Der Neuheit Reiz ist ihm verloren,
Er kennet was die Erde trägt,
Er findet sich allein auf Erden,
Die Menschen sind nicht sein Geschlecht.

Geleert hat er des Lebens Becher
Und lebet immer, immer fort.
Er kann dem Meere nicht entsteigen
Und hat gelandet doch im Port.

Weh' dem! ruft er: der auf dem Gipfel
Des Daseins also stille steht.
Nicht Ew'ges kann der Mensch ertragen,
Und wohl ihm, wenn er auch vergeht.

DER TRAURENDE UND DIE ELFEN

Zum Grab der Trauten schleicht der Knabe,
Ihm ist das Herz so bang und schwer;
Da sinkt die dunkle Nacht hernieder
Und bleiche Geister geh'n umher;
Des Abends feuchte Nebel tauen,
Der Nachtwind wühlt in seinem Haar,
Das Alles wird er nicht gewahr.

In Träumen ist er ganz verloren,
Er merket nicht der Stunden Gang;
Da weckt ihn aus dem dumpfen Schlummer
Musik und froher Chorgesang,
Er blicket auf: und schaut den Reigen
Der Elfen, deren munt'rer Tanz
Sich schlingt um frischer Gräber Kranz.

Und sieh! ihm naht der Elfen Schönste,
Und spricht: »Was trauerst du so sehr?
Komm! ist dein Mädchen dir gestorben?
Vergiß sie! komm zum Tanze her.
Frei sind wir Elfen, ohne Sorgen,
Leicht wie der Sinn ist unser Fuß,
Und froh und leicht sind Lieb und Kuß.

O zögre nicht! nur wenig Stunden
So moderst du, nur kurze Zeit
So welket Alles, was jetzt blühet,
Drum komm! entsag dem schweren Leid.« –
Wild springt er auf zum raschen Tanze
Und über seiner Braut Gebein
Schlingt sich der lust'ge Elfenreihn.

Er tanzt, vergisset die Geliebte,
Leicht, wie der Elfen, wird sein Sinn
Entbunden aller Erdensorgen
Schwingt er sich über Wolken hin.
Er sieht Geschlechter kommen, sterben,
Kann Alles froh und lustig sehn
Der Dinge Blühen und Vergehn.

DIE BANDE DER LIEBE

Ach! mein Geliebter ist tot! er wandelt im Lande der Schatten
Sterne leuchten ihm nicht, ihm erglänzet kein Tag
Und ihm schweigt die Geschichte; das Schicksal der Zeiten
Gehet den mächtigen Gang, doch ihn erwecket es nicht;
Alles starb ihm mit ihm, mir ist er doch nicht gestorben
Denn ein ewiges Band eint mir noch immer den Freund.
Liebe heißet dies Band, das an den Tag mir geknüpft
Hat die erebische Nacht, Tod mit dem Leben vereint.
Ja ich kenne ein Land, wo Tote zu Lebenden reden,
Wo sie, dem Orkus entflohn, wieder sich freuen des Lichts,
Wo von Erinn'rung erweckt, sie auferstehn von den Toten
Wo ein irdisches Licht glühet im Leichengewand.
Seliges Land der Träume! wo, mit Lebendigen, Tote
Wandeln, im Dämmerschein, freuen des Daseins sich noch.
Dort, in dem glücklichen Land, begegnet mir wieder der Teure,
Freuet, der Liebe, sich meiner Umarmungen noch;
Und ich hauche die Kraft der Jugend dann in den Schatten,
Daß ein lebendig Rot wieder die Wange ihm färbt,

Daß die erstarreten Pulse vom warmen Hauche sich regen,
Und der Liebe Gefühl wieder den Busen ihm hebt.
Darum fraget nicht, Gespielen! was ich so bebe?
Warum das rosigte Rot löscht ein ertötendes Blaß?
Teil ich mein Leben doch mit unterirdischen Schatten,
Meiner Jugend Kraft schlürfen sie gierig mir aus.

MAHOMETS TRAUM IN DER WÜSTE

Bei des Mittags Brand
Wo der Wüste Sand
Kein kühlend Lüftchen erlabet,
Wo heiß, vom Samum nur geküsset,
Ein grauer Fels die Wolken grüßet
Da sinket müd der Seher hin.

Vom trügenden Schein
Will der Dinge Sein
Sein Geist, betrachtend hier, trennen.
Der Zukunft Geist will er beschwören,
Des eignen Herzens Stimme hören,
Und folgen seiner Eingebung.

Hier flieht die Gottheit,
Die der Wahn ihm leiht,
Der eitle Schimmer verstiebet.
Und ihn, auf den die Völker sehen,
Den Siegespalmen nur umwehen,
Umkreist der Sorgen dunkle Nacht.

Des Sehers Traum
Durchflieget den Raum
Und all' die künftigen Zeiten,
Bald kostet er, in trunknem Wahne,
Die Seligkeit gelung'ner Plane,
Dann sieht er seinen Untergang,

Entsetzen und Wut,
Mit wechselnder Flut,
Kämpfen im innersten Leben,
Von Zweifeln, ruft er, nur umgeben!
Verhauchet der Entschluß sein Leben!
Eh' Reu ihn und Mißlingen straft.

Der Gottheit Macht,
Zerreiße die Nacht
Des Schicksals, vor meinen Blicken!
Sie lasse mich die Zukunft sehen,
Ob meine Fahnen siegreich wehen?
Ob mein Gesetz die Welt regiert?

Er sprichts; da bebt
Die Erde, es hebt
Die See sich auf zu den Wolken,
Flammen entlodern den Felsenklüften,
Die Luft, erfüllt von Schwefeldüften,
Läßt träg die müden Schwingen ruhn.

Im wilden Tanz,
Umschlinget der Kranz
Der irren Sterne die Himmel;
Das Meer erbraust in seinen Gründen,
Und in der Erde tiefsten Schlünden
Streiten die Elemente sich.

Und der Eintracht Band,
Das mächtig umwand
Die Kräfte, es schien gelöset.

Der Luft entsinkt der Wolken Schleier
Und aus dem Abgrund steigt das Feuer,
Und zehret alles Ird'sche auf.

Mit trüberer Flut
Steigt erst die Glut,
Doch brennt sie stets sich reiner,
Bis hell ein Lichtmeer ihr entsteiget
Das lodernd zu den Sternen reichet
Und rein, und hell, und strahlend wallt.

Der Seher erwacht
Wie aus Grabesnacht
Und staunend fühlt er sich leben,
Erwachet aus dem Tod der Schrecken,
Harrt zagend er, ob nun erwecken
Ein Gott der Wesen Kette wird.

Von Sternen herab
Zum Seher hinab
Ertönt nun eine Stimme:
»Verkörpert hast du hier gesehen
Was allen Dingen wird geschehen
Die Weltgeschichte sahst du hier.

Es treibet die Kraft
Sie wirket und schafft,
In unaufhaltsamem Regen;
Was unrein ist das wird verzehret,
Das Reine nur, der Lichtstoff, währet
Und fließt dem ew'gen Urlicht zu.«

Jetzt sinket die Nacht
Und glänzend ertagt
Der Morgen in seiner Seele.
Nichts! ruft er, soll mich mehr bezwingen:
Daß Licht nur werde! sei mein Ringen,
Dann wird mein Tun unsterblich sein.

ZILIA AN EDGAR

O Edgar komm! ich wein auf Islands Küste,
Mein müder Blick durchirrt das weite Meer,
Doch, er durchspäht umsonst die Wasserwüste!
Mein Edgar kehret nimmer nimmer mehr.

Ich weine einsam am verlaß'nen Strande
Vom rauhen Nordwind stürmisch nur umsaust;
Und Nebel sinken zum beeisten Lande
Das schäumend wild die hohe See umbraust.

Nur Tannen wiegen sich im hohlen Winde,
Der Widerhall seufzt mit am Meeresstrand
Und lange Nacht umringt, wie Grabesschlünde,
Mit dunkeln Trauerschatten Meer und Land.

So muß ich Alles mit mir trauern sehen,
Mein Leben gießt in allen Schmerz sich hin,
In Aller Trauer werd' ich mit vergehen
Wie sich im Meer die Tropfen Tau verziehn.

Drum komm! ich fühle meine Kraft entfliehen,
In Träumen löst sich mein Bewußtsein auf.
Der bleiche Lebensfunke wird verglühen,
In tiefen Schmerzen hört mein Dasein auf.

LIEBE

O reiche Armut! Gebend, seliges Empfangen!
In Zagheit Mut! in Freiheit doch gefangen.
  In Stummheit Sprache,
  Schüchtern bei Tage,
  Siegend mit zaghaftem Bangen.

Lebendiger Tod, im Einen sel'ges Leben
Schwelgend in Not, im Widerstand ergeben,
  Genießend schmachten,
  Nie satt betrachten
  Leben im Traum und doppelt Leben.

ARIADNE AUF NAXOS

Auf Naxos' Felsen weint verlassen Minos' Tochter.
Der Schönheit heißes Flehn erreicht der Götter Ohr.
Von seinem Thron herab senkt Kronos' Sohn die Blitze,
Sie zur Unsterblichkeit in Wettern aufzuziehn.

Poseidon, Lieb entbrannt, eröffnet schon die Arme,
Umschlingen will er sie, mit seiner Fluten Nacht.
Soll zur Unsterblichkeit nun Minos' Tochter steigen?
Soll sie, den Schatten gleich, zum dunklen Orkus
gehn?

Ariadne zögert nicht, sie stürzt sich in die Fluten:
Betrogner Liebe Schmerz soll nicht unsterblich sein!
Zum Götterlos hinauf mag sich der Gram nicht
drängen,
Des Herzens Wunde hüllt sich gern in Gräbernacht.

Poetische Fragmente

PIEDRO

Dunkel ruhet auf den Wassern,
Tiefe Stille weit umher,
Piedros Schiff nur teilt die Wellen,
Seine Ruder schlägt das Meer.

Aber Piedro steht am Maste
Und sein Aug' in trüber Glut,
Sucht den Räuber der Geliebten,
Sucht sie durch des Meeres Flut.

Endlich naht er ihrem Segel,
Endlich geht die lange Nacht,
Und mit ungeduld'ger Eile
Ordnet er der Schiffe Schlacht.

Viele fallen, Viele siegen,
Einer kämpft mit Löwenmut,
Naht sich Piedron durch die Menge
Kühnlich mit bescheidnem Mut.

Und sie kämpfen, keiner weichet,
Tapferkeit wird wilde Wut;
Und in zornigen Strömen mischet
Sich der Kämpfer heißes Blut.

Endlich in des Jünglings Busen
Senket Piedro seinen Stahl,
Vor dem unwillkommenen Gaste
Flieht sein süßes – Leben all.

Und er stirbt so hold im Tode,
Daß Piedro niedersinkt,
Und von seinen blassen Lippen
Reuig heiße Küsse trinkt.

Nacht will endlich niedersinken,
Tiefe Stille weit umher;
Piedros Schiff nur teilt die Wellen,
Seine Ruder schlägt das Meer.

Piedro aber liegt verwundet
Einsam in des Schiffes Raum;
Seine Seele ist gefangen,
Ganz und gar in einem Traum.

Denn ihm deucht er sei umschlungen
Von des toten Jünglings Arm,
Freundlich will sein Auge brechen,
Doch es schlägt sein Herz noch warm.

Piedro will sich von ihm reißen;
Doch mit sehnsuchtsvollem Blick
Und mit heißen Liebesküssen
Hält der Knabe ihn zurück.

Freudig, daß er sie befreiet,
Tritt die Braut zu Piedro hin,
Will ihn trösten, will versuchen,
Ob die bösen Träume fliehn.

Und sie neigt sich zu ihm nieder,
Ruft des Teuern Namen laut.
Er erwacht und mit Entsetzen
Wendet er sich von der Braut.

Und er mag sie nicht mehr schauen,
Ihre Liebe ist ihm Pein.
Tief versenkt nur im Betrachten
Des Gestorbnen mag er sein.

Und das süße Mädchen weinet,
Sie verhüllt ihr Angesicht,
Möchte gern vor Schmerzen sterben,
Nur den Teuern lassen nicht.

Piedro sieht's, ein tiefes Sehnen
Zieht ihn nach des Grabes Ruh,
Er zerreißt der Wunde Banden
Und geht still den Toten zu.

Dunkel ruhet auf den Wassern,
Tiefe Stille weit umher,
Piedros Schiff erreicht die Küste,
Aber er schläft tief im Meer.

DIE PILGER

Der erste Pilger

Ich bin erkranket
An Liebespein,
Möcht' nur genesen,
Wollst du mein sein.

Dein lieblich Wesen,
Dein Lippenrot,
Hält mich gefangen
Bis an den Tod.

Mein Aug' ist trübe,
Mein' Jugend verdorrt,
Doch kenn' ich noch Heilung,
Wohl weiß ich den Port.

Zu dem will ich wallen
Ob Länder und Meer,
Die Brust ist beklommen,
Das Herz ist mir schwer.

Ich greife zum Stabe,
Ich walle zum Meer;
Es brausen die Winde,
Es tobet das Meer.

Die Vöglein fliegen
So lustig voran,
Sie suchen den Frühling
Und treffen ihn an.

Es hält mich die Liebe,
Ich bliebe so gern,
Doch ziehet mich Sehnsucht
Zum Grabe des Herrn.

Lebt wohl dann ihr Augen
Von freundlichem Schein,
Mein Blick soll zum Himmel
Gerichtet nur sein.

Mich sehnet, o süße
Geliebte, nach dir!
Doch wähl' ich das Grab mir
Des Heilands dafür.

Da knie ich nieder
Voll bitterem Schmerz;
Da kann ich dich lassen,
Da bricht mir das Herz.

Die Heilung ist bitter,
Der Weg ist wohl weit;
Doch greif' ich zum Stabe
Und ende mein Leid.

Der zweite Pilger

Ich scheide froh vom Vaterland
Und suche den geliebten Strand,
Wo Jesus Christus wallte;
Wo er in Demut angetan
Des Erdenlebens schwere Bahn,
Mit stillem Sinne wallte.

Was ist die Herrlichkeit der Welt
Und alles, was dem Sinn gefällt?
Ich will ihm froh entsagen.
Die irdische Kette fällt von mir,
Und Jesu! nur zu dir! zu dir!
Will ich mein Sehnen tragen.

Die Märterkrone winket mir
Und Seligkeit wohl für und für,
Wenn ich vollendet habe.
O süße Buße! himmlisch Leid!
In frommer Einfalt Seligkeit,
Ihr wohnt am heiligen Grabe.

DER KUSS IM TRAUME

aus einem ungedruckten Romane

Es hat ein Kuß mir Leben eingehaucht,
Gestillet meines Busens tiefstes Schmachten,
Komm, Dunkelheit! mich traulich zu umnachten,
Daß neue Wonne meine Lippe saugt.

In Träume war solch Leben eingetaucht,
Drum leb' ich, ewig Träume zu betrachten,
Kann aller andern Freuden Glanz verachten,
Weil nur die Nacht so süßen Balsam haucht.

Der Tag ist karg an liebesüßen Wonnen,
Es schmerzt mich seines Lichtes eitles Prangen
Und mich verzehren seiner Sonne Gluten.

Drum birg dich Aug' dem Glanze ird'scher Sonnen!
Hüll dich in Nacht, sie stillet dein Verlangen
Und heilt den Schmerz, wie Lethes kühle Fluten.

Melete

AN MELETE

Schütze, o sinnende Muse! mir gnädig die ärmlichen Blätter!
Fülle des Lorbeers bringt reichlich der lauere Süd,
Aber den Norden umziehn die Stürme und eisichte Regen;
Sparsamer sprießen empor Blüten aus dürftiger Aue.

ZUEIGNUNG

Ich habe Dir in ernsten stillen Stunden,
Betrachtungsvoll in heil'ger Einsamkeit,
Die Blumen dieser und vergangner Zeit,
Die mir erblüht, zu einem Kranz gewunden.

Von Dir, ich weiß es, wird der Sinn empfunden,
Der in des Blütenkelchs Verschwiegenheit
Nur sichtbar wird dem Auge, das geweiht
Im Farbenspiel den stillen Geist gefunden.

Es flechten Mädchen so im Orient
Den bunten Kranz; daß vielen er gefalle,
Wetteifern unter sich die Blumen alle.

Doch Einer ihren tiefern Sinn erkennt,
Ihm sind Symbole sie nur, äußre Zeichen;
Sie reden ihm, obgleich sie alle schweigen.

ADONIS' TOD

I.

Die Göttin sinkt in namenlosem Leide,
Den Jäger traf des Tieres wilde Wut;
Die Rose, trinkend von des Jünglings Blut,
Glänzt ferner nicht im weißen Liljenkleide.

Das Abendrot der kurzen Liebesfreude
Blickt traurig aus der Blume dunkler Glut;
Adonis tot im Arm der Göttin ruht;
Das Schönste wird des kargen Hades Beute.

Verhaßt ist ihr des langen Lebens Dauer,
Das Götterlos wird ihrer Seele Trauer,
Die sehnsuchtskrank den süßen Gatten sucht.

Und still erblühet heißer Tränen Frucht;
Den stummen Schmerz verkünden Anemonen,
Den ew'gen Wunsch im Schattenreich zu
wohnen.

2.

Den Liljenleib des Purpurs dunkler Schleier
Dem irren Blick der Göttin halb entzieht;
Der Trauer Bild, die Anemone, blüht
So weiß als rot zur stillen Totenfeier.

Erloschen ist in Ihm des Lebens Feuer,
Sein totes Aug' die Blume nimmer sieht. –
Doch plötzlich schmilzt der Göttin Leid im Lied,
Die Klage tönt, die Seele fühlt sich freier.

Ein Kranker, der des Liedes Sinn empfunden,
Durch Ihrer Töne Zauber soll gesunden. –
Der Andacht gerne Liebe sich vertraut.

Und gläubig einen Tempel er sich baut,
Auf daß er pflege in dem Heiligtume
Der Sehnsucht Kind die süße Wunderblume.

ADONIS' TOTENFEIER

Wehe! daß der Gott auf Erden
Sterblich mußt geboren werden!
Alles Dasein, alles Leben
Ist mit ihm dem Tod gegeben.
Alles wandelt und vergehet,
Morgen sinkt was heute stehet;
Was jetzt schön und herrlich steiget,
Bald sich hin zum Staube neiget;
Dauer ist nicht zu erwerben,
Wandeln ist unsterblich Sterben.
Wehe! daß der Gott auf Erden
Sterblich mußt geboren werden!
Alle sind dem Tod verfallen,
Sterben ist das Los von allen.
Viele doch sind die nicht wissen,
Wie der Gott hat sterben müssen;
Blinde sind es, die nicht sehen,
Nicht den tiefen Schmerz verstehen,
Nicht der Göttin Klag und Sehnen,
Ihre ungezählten Tränen,
Daß der süße Leib des Schönen
Muß dem kargen Tode frönen.

Laßt die Klage uns erneuern!
Rufet zu geheimen Feiern,
Die Adonis heilig nennen,
Seine Gottheit anerkennen,

Die die Weihen sich erworben,
Denen auch der Gott gestorben.

Brecht die dunkle Anemone,
Sie, die ihre Blätterkrone
Sinnend still herunter beuget,
Leise sich zur Tiefe neiget,
Forschend ob der Gott auf Erden
Wieder soll geboren werden!

Brechet Rosen; jede Blume
Sei verehrt im Heiligtume,
Forscht in ihren Kindermienen,
Denn es schläft der Gott in ihnen;
Uns ist er durch sie erstanden
Aus des dumpfen Grabes Banden.
Wie sie leis hervor sich drängen,
Und des Hügels Decke sprengen,
Ringet aus des Grabes Engen
Sich empor verschloßnes Leben;
Tod den Raub muß wiedergeben,
Leben wiederkehrt zum Leben.
Also ist der Gott erstanden
Aus des dumpfen Grabes Banden.

GEBET AN DEN SCHUTZHEILIGEN

Den Königen aus Morgenlanden
Ging einst ein hell Gestirn voran,
Und führte treu sie ferne Pfade
Bis sie das Haus des Heilands sahn.

So leuchte über meinem Leben,
Laß glaubensvoll nach dir mich schaun,
In Qualen, Tod und in Gefahren
Laß mich auf deine Liebe traun.

Mein Auge hab' ich abgewendet
Von allem was die Erde gibt,
Und über Alles was sie bietet
Hab' ich dich, Trost und Heil, geliebt.

Dir leb' ich, und dir werd' ich sterben,
Drum lasse meine Seele nicht,
Und sende in des Lebens Dunkel
Mir deiner Liebe tröstlich Licht.

O, leuchte über meinem Leben!
Ein Morgenstern der Heimat mir,
Und führe mich den Weg zum Frieden,
Denn Gottes Friede ist in dir.

Laß nichts die tiefe Andacht stören,
Das fromme Lieben, das dich meint,
Das, ob auch Zeit und Welt uns trennen,
Mich ewig doch mit dir vereint.

Da du erbarmend mich erkoren,
Verlasse meine Seele nicht,
O Trost und Freude! Quell des Heiles!
Laß mich nicht einsam, liebes Licht!

DIE MALABRISCHEN WITWEN

Zum Flammentode gehn an Indusstranden
Mit dem Gemahl, in Jugendherrlichkeit,
Die Frauen, ohne Zagen, ohne Leid,
Geschmücket festlich, wie in Brautgewanden.

Die Sitte hat der Liebe Sinn verstanden,
Sie von der Trennung harter Schmach befreit
Zu ihrem Priester selbst den Tod geweiht,
Unsterblichkeit gegeben ihren Banden.

Nicht Trennung ferner solchem Bunde droht,
Denn die vorhin entzweiten Liebesflammen
In einer schlagen brünstig sie zusammen.

Zur süßen Liebesfeier wird der Tod,
Vereinet die getrennten Elemente,
Zum Lebensgipfel wird des Daseins Ende.

DIE EINZIGE

Wie ist ganz mein Sinn befangen,
Einer, Einer anzuhangen;
Diese Eine zu umfangen
Treibt mich einzig nur Verlangen;
Freude kann mir nur gewähren,
Heimlich diesen Wunsch zu nähren,
Mich in Träumen zu betören,
Mich in Sehnen zu verzehren,
Was mich tötet zu gebären.

Widerstand will mir nicht frommen,
Fliehen muß ich neu zu kommen,
Zürnen nur, mich zu versöhnen,
Kann mich Ihrer nicht entwöhnen,
Muß im lauten Jubel stöhnen;
In den Becher fallen Tränen,
Ich versink in träumrisch Wähnen;
Höre nicht der Töne Reigen,
Wie sie auf und nieder steigen,

Wogend schwellen Well' in Welle;
Sehe nicht der Farben Helle
Strömen aus des Lichtes Quelle.
Mich begrüßen Frühlingslüfte,
Küssen leise Blumendüfte,
Doch das all ist mir verloren,
Ist für mich wie nicht geboren,

Denn mein Geist ist eng umfangen
Von dem einzigen Verlangen
Eine, Eine zu erlangen.

Hungrig in der Zahl der Gäste
Sitz ich bei dem Freudenfeste,
Das Natur der Erde spendet;
Frage heimlich ob's bald endet?
Ob ich aus der Gäste Reigen
Dürf' dem eklen Mahl entweichen,
Das verschwendrisch Andre nähret:
Mir nicht einen Wunsch gewähret?
Eines nur mein Sinn begehret,
Eine Sehnsucht mich verzehret;
Eng ist meine Welt befangen,
Nur vom einzigen Verlangen
Was ich liebe zu erlangen.

DIE EINE KLAGE

Wer die tiefste aller Wunden
Hat in Geist und Sinn empfunden
Bittrer Trennung Schmerz;
Wer geliebt was er verloren,
Lassen muß was er erkoren,
Das geliebte Herz,

Der versteht in Lust die Tränen
Und der Liebe ewig Sehnen
Eins in Zwei zu sein,
Eins im Andern sich zu finden,
Daß der Zweiheit Grenzen schwinden
Und des Daseins Pein.

Wer so ganz in Herz und Sinnen
Konnt' ein Wesen liebgewinnen
O! den tröstet's nicht
Daß für Freuden, die verloren,
Neue werden neu geboren:
Jene sind's doch nicht.

Das geliebte, süße Leben,
Dieses Nehmen und dies Geben,
Wort und Sinn und Blick,
Dieses Suchen und dies Finden,
Dieses Denken und Empfinden
Gibt kein Gott zurück.

ÄGYPTEN

Blau ist meines Himmels Bogen,
Ist von Regen nie umzogen,
Ist von Wolken nicht umspielt,
Nie vom Abendtau gekühlt.

Meine Bäche fließen träge
Oft verschlungen auf dem Wege,
Von der durst'gen Steppen Sand,
Bei des langen Mittags Brand.

Meine Sonn' ein gierig Feuer,
Nie gedämpft durch Nebelschleier,
Dringt durch Mark mir und Gebein
In das tiefste Leben ein.

Schwer entschlummert sind die Kräfte,
Aufgezehrt die Lebenssäfte;
Eingelullt in Fiebertraum
Fühl' ich noch mein Dasein kaum.

DER NIL

Aber ich stürze von Bergen hernieder,
Wo mich der Regen des Himmels gekühlt,
Tränke erbarmend die lechzenden Brüder
Daß sich ihr brennendes Bette erfüllt.

Jauchzend begrüßen mich alle die Quellen;
Kühlend umfange ich, Erde, auch dich;
Leben erschwellt mir die Tropfen, die Wellen,
Leben dir spendend umarme ich dich.

Teueres Land du! Gebärerin Erde!
Nimm nun den Sohn auch den liebenden auf,
Du, die in Klüften gebar mich und nährte,
Nimm jetzt, o Mutter! den Sehnenden auf.

DER KAUKASUS

Mir zu Häupten Wolken wandeln,
Mir zur Seite Luft verwehet,
Wellen mir den Fuß umspielen,
Türmen sich und brausen, sinken. –
Meine Schläfe, Jahr' umgauklen,
Sommer, Frühling, Winter kamen,
Frühling mich nicht grün bekleidet,
Sommer hat mich nicht entzündet,
Winter nicht mein Haupt gewandelt.
Hoch mein Gipfel über Wolken
Eingetaucht im ew'gen Äther
Freuet sich des steten Lebens.

ORPHISCHES LIED

Höre mich Phoibos Apoll! Du, der auf bläulichem Bogen
Siegreich schreitest herauf an wölbichter Feste des Himmels,
Spendend die heilige Helle der Wolkenerzeugenden Erde,
Leuchtend Okeanos hin zur Tiefe des felsichten Bettes,
Höre mich Liebling des Zeus! Sieh gnädig auf deinen Geweihten!
Sei im Gesang mir gewärtig, und lasse der goldenen Leier
Saiten mir klingen, wie dir, wenn mit siegender Lippe du singest
Pythons des schrecklichen Fall dem Chore melodischer Musen,
Oder im Liede besingst ferntreffende Pfeile des Bogens,
Also, o Phoibos Apoll! laß von begeistertem Munde
Strömen mir wogende Rhythmen des sinnebeherrschenden Wohllauts,
Daß sich der Wald mir beseele, die Dryas des Baumes mir lausche,
Schlängelnde Ströme mir folgen, und reißende Tiere unschädlich
Schmeichelnd zu mir sich gesellen. Vor allem Erzeugter Kronions!
Gib des Gesanges herrschende Kraft, die drunten gewaltig

Äis den König bewege des Landes am stygischen
Strome.
Lehre vergessene Schmerzen mich wecken im Busen
der Göttin
Die ein zu strenges Gebot dem düsteren Herrscher
vermählet,
Daß sie erbarmend sich zeige dem Schwestergeschick
der Geliebten,
Wieder ihr gönne zu schaun des Tages sonnige Klarheit,
Deines unsterblichen Haupts fern leuchtende Strahlen,
o Phoibos!

ÜBERALL LIEBE

Kann ich im Herzen heiße Wünsche tragen?
Dabei des Lebens Blütenkränze sehn,
Und unbekränzt daran vorüber gehn
Und muß ich traurend nicht in mir verzagen?

Soll frevelnd ich dem liebsten Wunsch entsagen?
Soll mutig ich zum Schattenreiche gehn?
Um andre Freuden andre Götter flehn,
Nach neuen Wonnen bei den Toten fragen?

Ich stieg hinab, doch auch in Plutons Reichen,
Im Schoß der Nächte, brennt der Liebe Glut
Daß sehnend Schatten sich zu Schatten neigen.

Verloren ist wen Liebe nicht beglücket,
Und stieg er auch hinab zur styg'schen Flut,
Im Glanz der Himmel blieb er unentzücket.

DER GEFANGENE UND DER SÄNGER

Ich wallte mit leichtem und lustigem Sinn
Und singend am Kerker vorüber;
Da schallt aus der Tiefe, da schallt aus dem Turm
Mir Stimme des Freundes herüber. –

»Ach Sänger! verweile, mich tröstet dein Lied,
Es steigt zum Gefangnen herunter,
Ihm macht es gesellig die einsame Zeit,
Das krankende Herz ihm gesunder.«

Ich horchte der Stimme, gehorchte ihr bald,
Zum Kerker hin wandt' ich die Schritte,
Gern sprach ich die freundlichsten Worte hinab,
Begegnete jeglicher Bitte.

Da war dem Gefangenen freier der Sinn,
Gesellig die einsamen Stunden. –
»Gern gäb ich dir Lieber! so rief er: die Hand,
Doch ist sie von Banden umwunden.

Gern käm' ich Geliebter! gern käm' ich herauf
Am Herzen dich treulich zu herzen;
Doch trennen mich Mauern und Riegel von dir,
O fühl des Gefangenen Schmerzen.

Es ziehet mich mancherlei Sehnsucht zu dir;
Doch Ketten umfangen mein Leben,
Drum gehe mein Lieber und laß mich allein,
Ich Armer ich kann dir nichts geben.« –

Da ward mir so weich und so wehe ums Herz,
Ich konnte den Lieben nicht lassen.
Am Kerker nun lausch' ich von Frührotes Schein
Bis Abends die Farben erblassen.

Und harren dort werd' ich die Jahre hindurch,
Und sollt' ich drob selber erblassen.
Es ist mir so weich und so sehnend ums Herz
Ich kann den Geliebten nicht lassen.

AN EUSEBIO

Vergib, o Freund! daß ich mit kind'scher Sprache,
Aus deines Herzens tiefem Heiligtume,
Akkorde leise nachzulallen wage,
Beim Höchsten aber schülerhaft verstumme.

Und reden möcht' ich doch zu deinem Ruhme,
Vergib der Kühnheit, daß ich nicht verzage.
Den Sommer mein' ich mit der Einen Blume,
Und Einen Strahl entwand ich nur dem Tage.

Doch die Natur in ihrer heil'gen Fülle
Sie offenbart sich ganz in jedem Handeln,
Das höchste Leben in der tiefsten Stille.

Erhascht' ich einen Zug aus deinem Bilde,
Wie reichlich auch Gedanken in dir wandeln,
So bist du's ganz in deiner frommen Milde.

[LIEBST DU DAS DUNKEL]

Liebst du das Dunkel
Tauigter Nächte
Graut dir der Morgen
Starrst du ins Spatrot
Seufzest beim Mahle
Stößest den Becher
Weg von den Lippen
Liebst du nicht Jagdlust
Reizet dich Ruhm nicht
Schlachtengetümmel
Welken dir Blumen
Schneller am Busen
Als sie sonst welkten
Drängt sich das Blut dir
Pochend zum Herzen.

AN CLEMENS

Die Hirten lagen auf der Erde
Und schlummerten um Mitternacht,
Da kam mit freundlicher Gebärde
Ein Engel in der Himmelspracht.
Mit Sonnenglanz war er umgeben,
Und zu den Hirten neigt er sich,
Er sprach geboren ist das Leben,
Euch offenbart der Himmel sich. –
Auch ich lag träumend auf der Erde,
Ihr dunkler Geist war schwer auf mir,
Da trat mit freundlicher Gebärde
Die heil'ge Poesie zu mir,
In ihrem Glanz warst Du verkläret,
Vertrauet mit der Geisterwelt,
Den Becher hattest Du geleeret,
Der Dich zu ihrem Chor gesellt.
Dein Lied war eine Strahlenkrone,
Die sich um Deine Stirne wand,
Die Töne eine Lebenssonne
Erleuchtend der Verheißung Land.
Der Liebe Reich hab ich gesehen
In Deiner Dichtung Abendrot;
Wie Moses auf des Berges Höhen,
Als ihm der Herr zu schaun gebot;
Er sah das Ziel des Erdenwallen
Und mochte fürder nichts mehr sehn.
Wohin, wohin soll ich noch wallen,
Da ich das Heilige gesehn? –

Aus dem Nachlaß

SCHICKSAL UND BESTIMMUNG

An Charlotte

Blumen flecht' ich scherzend nicht für dich zum
Kranze,
Und mein Rhythmus weiht sich nicht zum leichten
Tanze,
Von Bestimmung red' er ernste Worte dir.

Hoffend, wünschend, suchst du – doch vernimm die
Lehre,
Wenn dem Herzen jeder Wunsch befriedigt wäre,
Ungestillet bleibt das Sehnen deiner Brust.

Keins von allen Gütern dieser weiten Erde,
Keines! dem nicht Schmerz und Reue sei Gefährte,
Überall verfolgt die Plagegöttin dich.

Freundschaft, Liebe winken freundlich aus der Ferne,
Wie am Horizonte hell die Brüder Sterne,
Doch das eherne Geschick verschont sie nicht.

Reißt dich fremde Schuld nicht von verbund'nen
Herzen,
Ha! so fühlst du's spät, durch tief're Schmerzen,
Eigner Wahn zerriß der Erde schönstes Band.

Drum entsage willig auch dem liebsten Gute,
Daß dein oft getäuschtes Herz nicht schmerzlich blute.
Edlerm Streben spare deines Geistes Kraft.

Folge nur der Pflicht, ob sie am ödsten Strande
Einsam, ungeliebt und unbeweint dich bannte:
Deiner Götter Abkunft Siegel ist sie dir.

Tugend ist das Ziel, nach dem die Millionen
Geister, die den ungemess'nen Raum bewohnen,
Ringen zur Vollendung und zur Göttlichkeit.

Wie Planeten um die Sonn' in ew'gen Kreisen,
Eilen sie auf Millionen Weg' und Weisen
Hin zum Ideale der Vollkommenheit.

Blicke stolz hinauf zum herrlich hohen Ziele,
Dräng' ihm zu, und wankst du, irret auch dein Wille,
Deiner Würd' und Freiheit bleibst du dir bewußt.

Zwar im Kampfe wird noch deine Kraft ermüden,
Schwache Erdentugend gibt dem Geist nicht Frieden,
Dennoch deinem Ideale naht sie dich.

Laß denn immerhin die Göttin Schicksal walten,
Ob sich dunkle Wolken gegen dich auch ballten,
Groß und ruhig siehst du ihrem Gange zu.

DIE TÖNE

Ihr tiefen Seelen, die im Stoff gefangen,
Nach Lebensodem, nach Befreiung ringt;
Wer löset eure Bande dem Verlangen,
Das gern melodisch aus der Stummheit dringt?
Wer Töne öffnet eurer Kerker Riegel?
Und wer entfesselt eure Ätherflügel?

Einst, da Gewalt den Widerstand berühret,
Zersprang der Töne alte Kerkernacht;
Im weiten Raume hier und da verirret
Entflohen sie, der Stummheit nun erwacht,
Und sie durchwandelten den blauen Bogen
Und jauchzten in den Sturm der wilden Wogen.

Sie schlüpften flüsternd durch der Bäume Wipfel
Und hauchten aus der Nachtigallen Brust,
Mit mutigen Strömen stürzten sie vom Gipfel
Der Felsen sich in wilder Freiheitslust.
Sie rauschten an der Menschen Ohr vorüber,
Er zog sie in sein Innerstes hinüber.

Und da er unterm Herzen sie getragen,
Heißt er sie wandlen auf der Lüfte Pfad
Und allen den verwandten Seelen sagen,
Wie liebend sie sein Geist gepfleget hat.
Harmonisch schweben sie aus ihrer Wiege
Und wandlen fort und tragen Menschenzüge.

HOCHROT

Du innig Rot,
Bis an den Tod
Soll meine Lieb Dir gleichen,
Soll nimmer bleichen,
Bis an den Tod,
Du glühend Rot,
Soll sie Dir gleichen.

DER KNABE UND DAS VERGISSMEINNICHT

Der Knabe

O Blümelein Vergißmeinnicht!
Entzieh Dich meinem Auge nicht.
Ihr, Veilchen! Nelken! Rosen!
Auf euch verweilt der Sonne Licht,
Als wollt es mit euch kosen;
Doch wenn die Sonne tiefer sinkt,
Wenn Nacht die Farben all verschlingt,
Da reden süße Düfte
Von eurem stillen Leben mir
Und die vertrauten Lüfte
Die bringen eure Grüße mir.
Doch ach! Vergißmeinnicht, von Dir
Bringt nichts, bringt nichts mir Kunde.
Sag, Blümlein, lebst dem Aug Du nur?
Flieht mit den Farben jede Spur
Mir hin von Deinem Leben?
Hast keine Stimm, die zu mir spricht
Wenn Schatten Dich umgeben?

Vergißmeinnicht

Die Stimme, ach Süßer! die hab ich nicht.
Doch trag ich den Namen Vergißmeinnicht,
Der, wenn ich auch schweige, dem Herzen spricht.

[EINSTENS LEBT ICH SÜSSES LEBEN]

Einstens lebt ich süßes Leben,
denn mir war, als sei ich plötzlich
nur ein duftiges Gewölke.
Über mir war nichts zu schauen
als ein tiefes blaues Meer
und ich schiffte auf den Wogen
dieses Meeres leicht umher.
Lustig in des Himmels Lüften
gaukelt ich den ganzen Tag,
lagerte dann froh und gaukelnd
hin mich um den Rand der Erde,
als sie sich der Sonne Armen
dampfend und voll Glut entriß,
sich zu baden in nächtlicher Kühle,
sich zu erlaben im Abendwind.
Da umarmte mich die Sonne,
von des Scheidens Weh ergriffen,
und die schönen hellen Strahlen
liebten all und küßten mich.
Farbige Lichter
stiegen hernieder,
hüpfend und spielend,
wiegend auf Lüften
duftige Glieder.
Ihre Gewande
Purpur und Golden

und wie des Feuers
tiefere Gluten.
Aber sie wurden
blässer und blässer,
bleicher die Wangen,
sterbend die Augen.
Plötzlich verschwanden
mir die Gespielen,
und als ich traurend
nach ihnen blickte,
sah ich den großen
eilenden Schatten,
der sie verfolgte,
sie zu erhaschen.
Tief noch im Westen
sah ich den goldnen
Saum der Gewänder.
Da erhub ich kleine Schwingen,
flatterte bald hie bald dort hin,
freute mich des leichten Lebens,
ruhend in dem klaren Äther.
Sah jetzt in dem heilig tiefen
unnennbaren Raum der Himmel
wunderseltsame Gebilde
und Gestalten sich bewegen.
Ewige Götter
saßen auf Thronen
glänzender Sterne,
schauten einander
selig und lächelnd.
Tönende Schilde,

klingende Speere
huben gewaltige,
streitende Helden;
Vor ihnen flohen
gewaltige Tiere,
andre umwanden
in breiten Ringen
Erde und Himmel,
selbst sich verfolgend
ewig im Kreise.
Blühend voll Anmut
unter den Rohen
stand eine Jungfrau,
Alle beherrschend.
Liebliche Kinder
spielten inmitten
giftiger Schlangen. –
Hin zu den Kindern
wollt ich nun flattern,
mit ihnen spielen
und auch der Jungfrau
Sohle dann küssen.
Und es hielt ein tiefes Sehnen
in mir selber mich gefangen.
Und mir war, als hab ich einstens
mich von einem süßen Leibe
los gerissen, und nun blute
erst die Wunde alter Schmerzen.
Und ich wandte mich zur Erde,
wie sie süß im trunknen Schlafe
sich im Arm des Himmels wiegte.

Leis erklungen nun die Sterne,
nicht die schöne Braut zu wecken,
und des Himmels Lüfte spielten
leise um die zarte Brust.
Da ward mir, als sei ich entsprungen
dem innersten Leben der Mutter,
und habe getaumelt
in den Räumen des Äthers,
ein irrendes Kind.
Ich mußte weinen,
rinnend in Tränen
sank ich hinab zu dem
Schoße der Mutter.
Farbige Kelche
duftender Blumen
faßten die Tränen,
und ich durchdrang sie,
alle die Kelche,
rieselte abwärts
hin durch die Blumen,
tiefer und tiefer,
bis zu dem Schoße
hin, der verhüllten
Quelle des Lebens.

DES KNABEN MORGENGRUSS

Morgenlicht! Morgenlicht
Scheint mir hell ins Gesicht!
Wenn ich Tag kommen seh,
wird mir leid und weh;
Denn im Grabe liegt
Ein jung Mägdelein;
Des Frührots Schein
Sieht traurig hinein
In das enge Kämmerlein.
Möcht wecken das Jungfräulein,
Das kann vom Schlaf nicht erstehn,
Morgenlicht nicht sehn;
Drum wenn ich Frührot kommen seh,
Wird mir leid und weh.

DES KNABEN ABENDGRUSS

Mitternacht! Mitternacht!
Ich bin erwacht,
Der Mondenschein
Schaut hell herein
In mein Kämmerlein,
Da muß ich traurig sein.
Denn sonst im Mondenschein
War mit mir am Fensterlein
Ein lieblich Mägdelein.
Nun muß ich traurig sein,
Weil jetzt im Mondenschein
Ich bin allein.

AN MEINE HEILIGE

Geweihte Du! Erbarmungsvolle,
Verlasse meine Seele nicht!
O wende, Hochgebenedeite,
Von mir nicht ab dein Angesicht!
Es teilt ja auch der Mond sein Leuchten:
Halb wendet er zur Erde sich,
Halb sieht er in des Himmels Tiefe
Und freuet mit den Sternen sich.
Einst kniet ich nieder ohne Beten,
Und ohne Andacht stand ich auf,
Mein Auge hob sich wohl zum Himmel,
Doch meine Seele nicht hinauf.
Wie alle Ströme abwärts fließen
Tief in der Erde Schoß hinein,
So war mein Leben auch ergossen
In dieser Erde eitlen Schein.
Da hat die Himmlische erbarmend
Gezogen mich zu sich hinauf,
Mein Herz beweget und geschwellet,
Wie Fluten schwellt des Mondes Lauf.
Der Liebe Boten hat gesendet
Die Herrliche mir immerdar;
Propheten sind zu mir gekommen,
Enthüllten sie mir wunderbar.
In Sonn und Mond hat sie gesprochen,
Auf Bergeshöhn, in Klüfte Nacht,
Bis ihre Stimme ich erkennet,

Bis ich durch ihren Ruf erwacht.
Da Du erbarmend mich erkoren,
Verlaß auch meine Seele nicht
Und wende Du, o Hochgeweihte!
Von mir nicht ab Dein Angesicht.

VORZEIT, UND NEUE ZEIT

Ein schmaler rauher Pfad schien sonst die Erde.
Und auf den Bergen glänzt der Himmel über ihr,
Ein Abgrund ihr zur Seite war die Hölle,
Und Pfade führten in den Himmel und zur Hölle.

Doch alles ist ganz anders nun geworden,
Der Himmel ist gestürzt, der Abgrund ausgefüllt,
Und mit Vernunft bedeckt, und sehr bequem zum
Gehen.

Des Glaubens Höhen sind nun demolieret.
Und auf der flachen Erde schreitet der Verstand,
Und misset alles aus, nach Klafter und nach Schuhen.

LIEBE UND SCHÖNHEIT

Prometheus hatte nun den Mensch vollendet,
Doch unbeweglich blieb der tote Stoff,
Bis er der Sonne Funken hat entwendet;
(Ein Tropfe, der der Schönheit Meer enttroff)
Doch dieser Funke, er entflammt im Bilde,
In das des Künstlers Weisheit ihn verhüllte.

Von Schönheit ist das Leben ausgegangen,
Doch es vergißt den hohen Ursprung nicht;
Es strebt zu ihm, und Lieb ist dies Verlangen,
Die ewig ringet nach dem Sonnenlicht.
Denn Lieb ist Wunsch, Erinnerung des Schönen,
Die Schönheit schauen will der Liebe Sehnen.

Drum kann die Liebe nimmer selbst sich g'nügen,
Drum ist sie immer reich in ihrem Reich;
Drum sucht sie Schönheit sich ihr anzufügen
Und bettelt ewig vor der Schönheit Reich.
Doch ach! unendlich ist das Reich des Schönen,
So auch unendlich unserer Liebe Sehnen.

TENDENZ DES KÜNSTLERS

Sage! was treibt doch den Künstler, sein Ideal aus dem Lande
Der Ideen zu ziehn, und es dem Stoff zu vertraun?
Schöner wird ihm sein Bilden gelingen im Reich der Gedanken,
Wäre es flüchtiger zwar, dennoch auch freier dafür,
Und sein Eigentum mehr, und nicht dem Stoff untertänig.

Frager! der du so fragst, du verstehst nicht des Geistes Beginnen,
Siehst nicht was er erstrebt, nicht was der Künstler ersehnt.
Alle! sie wollen Unsterbliches tun, die sterblichen Menschen.
Leben im Himmel die Frommen, in guten Taten die Guten,
Bleibend will sein der Künstler im Reiche der Schönheit,
Darum in dauernder Form stellt den Gedanken er dar.

DER LUFTSCHIFFER

Gefahren bin ich in schwankendem Kahne
Auf dem blaulichen Ozeane,
Der die leuchtenden Sterne umfließt,
Habe die himmlischen Mächte begrüßt.
War in ihrer Betrachtung versunken,
Habe den ewigen Äther getrunken,
Habe dem Irdischen ganz mich entwandt,
Droben die Schriften der Sterne erkannt
Und in ihrem Kreisen und Drehen
Bildlich den heiligen Rhythmus gesehen,
Der gewaltig auch jeglichen Klang
Reißt zu des Wohllauts wogendem Drang.
Aber ach! es ziehet mich hernieder,
Nebel überschleiert meinen Blick,
Und der Erde Grenzen seh' ich wieder,
Wolken treiben mich zurück.
Wehe! Das Gesetz der Schwere
Es behauptet nur sein Recht,
Keiner darf sich ihm entziehen
Von dem irdischen Geschlecht.

[EINER NUR UND EINER DIENEN]

Einer nur und Einer dienen
Das ermüdet meine Seele.
Rosen nur und immer Rosen –
Andere Blumen blühen noch bunter;
Wie die Bienen will ich schwärmen
Mich in Trauben Glut berauschen,
In der Lilie Weiß mich kühlen,
Ruhen in der Nacht der Büsche.

. . . .

Wehe, wer mit engem Sinne
Einem, nur sich Einem weihet:
Schmachvoll rächt sich an dem Armen
Alles was er streng verschmähet!
Nicht zur Heimat wird die Weite,
Ungestaltet in die Ferne,
Aufgelöst in leeres Sehnen
Wird der Inhalt so des Lebens.
Schön ist was sich grenzt und g'nüget,
Treu um eines sich beweget
An dem Einen sich erneuet,
Wie des Pulses rege Schläge
Stets sich um das Herz bewegen,
Stets zum Herzen wiederkehren
Stets am Herzen sich erneuen
Sich an seiner Glut entzünden ...

[AN CREUZER]

Seh' ich das Spätrot, o Freund, tiefer erröten im Westen,
Ernsthaft lächlend, voll Wehmut lächlend und traurig verglimmen,
O dann muß ich es fragen, warum es so trüb wird und dunkel,
Aber es schweiget und weint perlenden Tau auf mich nieder.

BUONAPARTE IN ÄGYPTEN

Aus dem Schoß der Nacht entwindet mühesam die
Dämmerung sich,
Und der Dämmerung Gebilde löset einst des Tages
Licht.
Endlich fliehet die Nacht! und herrlicher Morgen
Golden entsteigst du dem bläulichten Bette der Tiefe
Und erleuchtest das dunkle Land wo der Vorzeit
Erster Funke geglüht, wo Licht dem Dunkel
entwunden
Früh gelodert im Schutze mystischer Schleier
Dann auf lange entfloh und ferne Zonen erleuchtet. –
Ewig weicht sie doch nicht vom heimischen Lande
Die Flamme, sie kehret mit hochaufloderndem Glanz
hin.
Alle Bande der Knechtschaft löset die Freiheit,
Der Begeisterung Funke erweckt die Söhne Ägyptens. –
Wer bewirkt die Erscheinung? Wer ruft der Vorwelt
Tage zurück? Wer reißet Hüll und Ketten vom Bilde
Jener Isis, die der Vergangenheit Rätsel
Dasteht, ein Denkmal vergessener Weisheit der
Urwelt?
Buonaparte ist's. Italiens Erobrer,
Frankreichs Liebling, die Säule der würdigeren Freiheit
Rufet er der Vorzeit Begeisterung zurücke
Zeiget dem erschlafften Jahrhunderte römische Kraft. –
Möge dem Helden das Werk gelingen Völker
Zu beglücken, möge der schöne Morgen der Freiheit

Sich entwinden der Dämmerung finsterem Schoße.
Möge der späte Enkel sich freuen der labenden
Der gereiften Frucht, die mit Todesgefahren
In dem schrecklichen Kampf mit finsterem Wahn, der
Menge
Irrtum, der großen Härte, des Volks Verblendung
Blutige Tränen vergießend die leidende Menschheit
Zitternd in dieses Jahrhunderts Laufe gepflanzt.

[WO ERFRAG ICH DEN FREUND]

Wo erfrag ich den Freund, wo find ich, was ich verloren,
Sage es Morgenrot mir, wo mein Geliebter verweilt!
Weihet der Priester den Schleier, der den, dich mir o Lieber vereinigt,
Hält ein fremdes Gesetz stets dich entfernet von mir?
Aber der Morgen verstummt, verschlungen vom glühenden Tage;
Abendrot, sage es mir, freundlicher milderer Schein!
Aber es färbt sich die Wange des Abendrots blässer und blässer,
Und es streuet auf mich wehmutsvoll perlenden Tau hin.
Frag ich die Sterne, sie schweigen, verglimmen leise im Osten,
Aber der Morgen kehrt wieder, und wieder errötet der Abend,
Und der ewige Kreis führet die Sterne zurück.
Kehret der Morgen einst wieder, dann möge der Mittag
Gierig schlingen den Morgen, und über mir grüßen die Sterne,
Mich verschlinge die Nacht, bis jenseits des Dunkels
Wieder der Liebe Ton goldner Morgen entsprießt.

[IST ALLES STUMM UND LEER]

Ist alles stumm und leer;
Nichts macht mir Freude mehr;
Düfte, sie düften nicht,
Lüfte, sie lüften nicht;
Mein Herz ist so schwer!

Ist Alles öd' und hin;
Bange mein Herz und Sinn;
Möchte, nicht weiß ich, was;
Treibt mich ohn' Unterlaß,
Weiß nicht, wohin!

Ein Bild von Meisterhand
Hat mir den Sinn gebannt;
Seit ich das holde sah,
Ist's fern und ewig nah,
Mir anverwandt.

Ein Klang im Herzen ruht,
Der noch erquickt den Mut,
Wie Flötenhauch ein Wort,
Tönet noch leise fort,
Stillt Tränenflut.

Frühlinges Blumen treu
Kommen zurück aufs neu;
Nicht so der Liebe Glück,
Ach, es kommt nicht zurück –
Schön, doch nicht treu!

Kann Lieb' so unlieb sein,
Von mir so fern, was mein?
Kann Lust so schmerzlich sein,
Untreu so herzlich sein?
O Wonn', o Pein!

Phönix der Lieblichkeit,
Dich trägt dein Fittig weit
Hin zu der Sonne Strahl,
Ach was ist dir zumal
Mein einsam Leid!

Nachwort

Man schreibt das Jahr 1804. Ein Nachmittag im Juni, an einem idyllischen Ort – Winkel am Rhein. Im Hause des Kaufmanns Merten trifft man sich zu Tee und Unterhaltung, wie in der Einladung gestanden hatte. Zu Gast sind, außer Clemens Brentano und seiner Frau Sophie, seinen Schwestern Bettine und Gunda sowie seinem Schwager Carl von Savigny, dem Gatten Gundas, auch das Fräulein von Günderode und, in Begleitung seines Arztes, des Hofrats Wedekind, der Dichter Heinrich von Kleist.

Es rührt die Günderode, wie dieser Mann, unruhig auf seinem Stuhl sitzend, mit fiebrigen Augen in die Runde schauend, die Teetasse, die längst leer ist, noch immer in der Hand hält. Sie hat sein erstes Stück gelesen, von den Gerüchten gehört, die man sich in Mainz erzählt, mehr weiß sie nicht über ihn. Als sie ihn um seine Tasse bittet, scheint er sie zum ersten Mal wahrzunehmen. Er hat sich in ein Gespräch verwickeln lassen, das ihm nicht behagt. Sehr bald ist er in Harnisch geraten. Die Philosophie nicht beim Wort nehmen, das Leben am Ideal nicht messen, die Wand nicht durchbrechen dürfen, die, nach Auffassung Wedekinds und Savignys, die Phantasien der Literaten von den Realitäten der Welt, das Reich der Gedanken von dem der Taten trennt? Ein Unheil, fürchten zu müssen, unsere Phantasien könnten in die wirklichen Verhältnisse Eingang finden? Kleist verfällt in Schweigen, tritt ans Fenster.

Sein Blick trifft den der Günderode. Wer ist diese Frau? Ihre Gedichte, von denen Brentano, freilich ohne ihr Einverständnis, eines vorgelesen hat, sind ihm nicht bekannt. Merkwürdig, wie sie, wenn sie zu anderen spricht, doch stets ihn zu meinen scheint. Die Person ist ihm nicht geheuer. Brentano wird Rechte auf sie haben, vermutet Kleist. Wie Wedekind auf ihn. Ohne Zweifel, dem schuldet er Dank. Wedekind hat ihn aufgenommen, wie man einen zum Sterben Kranken aufnehmen soll: rückhaltlos und ohne Fragen zu stellen. Wie er, im vergangenen November, von der französischen Küste nach Paris zurückgefunden hat und, mit der strikten Order des preußischen Gesandten, Frankreich auf der Stelle zu verlassen, schließlich nach Mainz gekommen ist, wo er, völlig entkräftet, zusammenbrach: er weiß es selber nicht und will es auch nicht wissen. Der schauerliche Winter. Die dröhnenden, niemals abreißenden Monologe in seinem Kopf. Die selbst nachts ihm keine Ruhe lassen, wenn er gegen vier aus dem Schlaf fährt.

Stets ist es der gleiche Traum, der ihn aufschreckt: immer sieht er ein zottiges Tier vor sich, einen wilden Eber, auf den er Jagd macht. Auch wenn er sein Fell dicht vor Augen hat, schon seinen heißen Atem zu spüren meint: erreichen kann er ihn nie. Ein einziges Mal, als er so erschöpft ist, daß er zu Boden geht und das Tier ihm zu entkommen droht, greift er doch nach der Muskete, legt an, schießt – und der Eber, tödlich getroffen, stürzt und verendet. In diesen wenigen Minuten, glaubt Kleist, hat er alles durchlebt, was sich dann noch über Jahre quälend hinzieht.

Dieser Traum, denkt Kleist. Daß er ihm folgt, diese lange Zeit schon. Daß er sich niemals verändert, ihn, entgegen aller Vernunft, derart erschüttert. Es kann doch nur heißen, daß er immer wieder vor dem gleichen Zwiespalt steht: entweder die alles verzehrenden Ansprüche in sich abzutöten – oder ihnen freien Lauf zu lassen und daran zugrunde zu gehen, daß sie niemals einzulösen sind.

Man hat das Haus zu einem Spaziergang verlassen. Der Weg führt in sanften Windungen zum Fluß, an Obstfeldern und schmalen Weingärten vorbei. Nichts vermöge dichter, schöner und wirklicher zu sein als diese Landschaft, hört Kleist die Günderode sagen. Doch könne sie sich, zwischen zwei Lidschlägen, leicht zur bemalten Leinwand verändern – und sie fürchte fast, daß sie einmal reißen werde, diese Leinwand. Was wir dann zu sehen bekämen, blickten wir durch die Risse in den Abgrund hinter der Schönheit: es würde uns stumm machen.

Die Frau leidet, Kleist bezweifelt es nicht. Aber die Frauen, denkt er, sind das leidende Geschlecht. Sie wird sich damit abfinden, wenn auch, das gesteht er der Frau im schwarzen Ordenskleid zu, schwerer als die meisten. Doch sagt er sich: sie ist versorgt, was immer das heißen mag, sie muß ihre Gedanken nicht an die trivialsten Erfordernisse des Alltags verwenden. Sie ist, als Frau, nicht unter das Gesetz gestellt, alles zu erreichen oder alles für nichts zu halten. Manchmal spürt er die vertrackte Drehbewegung der Erdkugel bis in sein innerstes Gebein. Einmal wird es ihn über den Rand dieser Kugel schleudern, er ahnt schon den

Zugwind. Während diese Frau doch immer noch ihr Glück finden kann, eine Aufgabe, über der sie ihre Jugendgrillen vergessen mag.

Sie bleiben stehen, wenden sich einander zu. Kleist schaut sie an. Die Günderode weicht seinem Blick nicht aus. Ein spöttisches Lächeln, das zu sagen scheint: nehmen wir es als ein Spiel, auch wenn es Ernst ist. Du weißt es, und ich weiß es auch. Wir beide, bis auf den Grund verschieden und doch, wir fühlen es, miteinander verwandt. Die Berührung, nach der es uns so unendlich verlangt, es gibt sie nicht. Wir müßten sie erfinden.

Eine Erfindung der Schriftstellerin Christa Wolf: daß das Fräulein von Günderode und der Dichter Heinrich von Kleist an einem solchen Nachmittag im Juni 1804 zu Winkel am Rhein einander begegnet wären. Eine Erfindung, aber doch Stoff genug für ein anrührend schönes Buch. Gemeint ist die Erzählung *Kein Ort. Nirgends*, die 1979 sowohl in der DDR als auch in der Bundesrepublik erschienen ist – ein Doppelporträt, dessen Konturen ineinanderfließen, und zugleich eine Liebeserklärung, Versuch einer Revision und Suche nach einem Exempel.

Wie Caroline Schlegel oder die Bettine, wie Sophie Mereau oder Rahel Varnhagen zählt am Anfang des neunzehnten Jahrhunderts auch Karoline von Günderode zu den Frauen, »die es fertigbringen, ihre eigne Lage zu reflektieren – ein Vorrecht, das wie jedes Privileg seinen Preis hat, der heißt: Aufgabe von Geborgenheit, Sicherheit, Verzicht auf das frühere Selbstverständnis der abhängigen Frau, ohne die Gewißheit, eine neue Identität zu gewinnen; Ursprünglichkeit, Natürlichkeit, Wahrhaftigkeit, Intimität gehören zu ihrem universalen Glücksanspruch; sie lehnen ab, was die Hierarchie verlangt: Kälte, Steifheit, Absonderung und Etikette. Beinahe voraussetzungslos, auf Ideen nur, nicht auf soziale, ökonomische, politische Gegebenheiten gestützt, sind sie dazu verurteilt, Außenseiter zu werden.« So sagt Christa Wolf im einleitenden Essay zu der von ihr edierten, ebenfalls 1979 ausgelieferten Werkausgabe der Günderode, der ersten seit mehr als fünfzig Jahren.

Eine Dichterin – aber in unseren Literaturgeschichten und Nachschlagewerken kommt sie nicht vor, oder doch nur am Rande, als Freundin von Clemens und Bettine Brentano, als Geliebte des Mythenforschers Carl Friedrich Creuzer und schließlich als Verfasserin eines Bändchens mit *Gedichten und Phantasien*, das sie 1804 unter dem Pseudonym Tian veröffentlichte, eines weiteren mit *Poetischen Fragmenten* (1805) sowie eines dritten unter dem Titel *Melete von Ion* (1806).

»Sie war so sanft und weich in allen Zügen«, erfahren wir von ihrer fünf Jahre jüngeren Freundin Bettine, »sie hatte braunes Haar, aber blaue Augen, die waren gedeckt mit langen Augenwimpern; wenn sie lachte, war es nicht laut, es war vielmehr ein sanftes, gedämpftes Girren, in dem sich Lust und Heiterkeit sehr vernehmlich aussprach; sie ging nicht, sie wandelte, wenn man verstehen will, was ich damit auszusprechen meine; ihr Kleid war ein Gewand, was sie in schmeichelnden Falten umgab, das kam von ihren weichen Bewegungen her; ihr Wuchs war hoch, ihre Gestalt war zu fließend, als daß man es mit dem Worte *schlank* ausdrücken könnte; sie war schüchtern-freundlich und viel zu willenlos, als daß sie in der Gesellschaft sich bemerkbar gemacht hätte. Einmal aß sie mit dem Fürst Primas mit allen Stiftsdamen zu Mittag; sie war im schwarzen Ordenskleid mit langer Schleppe und weißem Kragen mit dem Ordenskreuz; da machte jemand die Bemerkung, sie sähe aus wie eine Scheingestalt unter den andern Damen, als ob sie ein Geist sei, der eben in der Luft zerfließen werde.« *(Goethes Briefwechsel mit einem Kinde.)*

Eine Erfindung auch dies: daß die Günderode an einem solchen Mittagessen teilgenommen hätte. Der Fürst Primas von Dalberg nämlich residiert erst seit September 1806 in Frankfurt. Zu dieser Zeit ist sie schon einige Wochen tot, gestorben am 26. Juli in Winkel am Rhein, durch einen Stich, den sie sich mit dem eigenen Dolch beigebracht hat: »Eine tief eingedrungene Wunde, nicht ganz ein Zoll lang«, vermerkt das ärztliche Bulletin, »der Stich zwischen 4. und 5. Rippe in die linke Herzkammer eingedrungen.« Was wir dagegen von ihrem Leben wissen, verliert sich oft im Ungefähren und ist nicht frei von Widersprüchen, auch nicht frei von Retuschen, Verfälschungen und Verklärungen, wie sie nicht nur in *Goethes Briefwechsel mit einem Kinde* (1835), sondern auch in Bettines zweitem Roman *Die Günderode* (1840) zu beobachten sind.

Karoline, am 11. Februar 1780 in Karlsruhe geboren, älteste von sechs Geschwistern, von denen drei im Kindesalter an Typhus und Schwindsucht sterben, ist die Tochter des markgräflich-badischen Regierungsrats Hector von Günderode und seiner Frau Louise. Nach dem Tod des Gatten (1786) zieht Louise von Günderode mit ihren Kindern nach Hanau. Da die wirtschaftliche Situation der Familie sich bedrohlich verschlechtert, tritt die Siebzehnjährige im Mai 1797 in das Cronstetten-Hynspergische evangelische Damenstift am Frankfurter Roßmarkt ein, das bedürftigen adligen Damen, die entweder unverheiratet oder verwitwet waren, ein standesgemäßes Heim bot. Sie bezieht zwei winzige Zimmer zu ebener Erde, mit Blick auf den Garten. Das Ordensgewand, ein dunkles Kleid mit Schleppe, weißem Kragen und ebensolchen Manschetten, trägt sie freilich nur zu den offiziellen Anlässen. Sie darf Besuch empfangen, ins Theater gehen, Reisen unternehmen, ist aber in allem den strengen Regeln des Stifts unterworfen. Die Großmutter ermahnt sie sanft aus der Ferne, nachdem sie gerade fünf Monate im Stift verbracht hat: »Ich zweifle gar nicht, daß du liebes Medgen dein Betragen so einrichten würst, daß du uns alle Ehre magst und dir hierin die gröste. Auch immer so dein Vertrauen zeigst, sowohl der Fräulein Pröbstin wie Fräulein Gredel, was schiklich oder nicht Schiklich ist. Dises sind vernünftige Menschen. Daß Nächtliche laufen bringt Keine Ehre, weil sich alsdann hier und da Etwas anfedelt, wo durch ich nichts gewönne.«

Die Günderode ist auf Bällen und abendlichen Geselligkeiten ein gern gesehener Gast, der Zurückhaltung, der Scheu zum Trotz, die sie niemals ablegt. Wer ihr zum ersten Mal begegnete, mochte sie für spröde, für unnahbar und dazu für ungewöhnlich eitel halten: eine

»Narzißnatur«, so hat Friedrich Carl von Savigny sie genannt. In Wahrheit fühlt sie sich einsam, leidet darunter, nur zögernd Freundschaften schließen zu können – und sehr oft »nicht die Person, sondern nur die Vortrefflichkeit« zu lieben. Ihrer Schwester Charlotte schreibt sie nach Hanau: »Alles was ich weiß und gelernt habe möchte ich gerne dir mittheilen; Trost Liebe und Harmonie in deiner Seele suchen. Ich bitte dich Lotte bin ich wieder um dich so lerne meine Fehler liebend ertragen, lasse es dich nicht verdrießen, wenn ich dir die deinigen sage, denn du weißt daß ich gegen nichts unduldsamer bin als gegen die Fehler geliebter Personen, ich bitte dich thue alles mögliche damit unsere schöne Harmonie *nie* zerstört werde.«

So verbindlich, so liebenswürdig der Ton ihrer Briefe, so nachdrücklich, fast flehentlich ihre Bitte um Verständnis und Zuneigung, so stark ihr Verlangen nach *Harmonie*, so kühl und so abweisend ist sie mitunter im persönlichen Umgang. Aus Furcht davor, mißverstanden, enttäuscht, zurückgewiesen zu werden? Aus Furcht davor, sich binden, sich in der unendlichen, unerfüllbaren Sehnsucht nach dem angemessenen Glück beschränken zu müssen, nicht mehr träumen zu dürfen? »Es gehört zu dem Leben meiner Seele daß mich irgend eine Idee begeistre«, heißt es in einem Brief an Gunda Brentano, »doch muß es immer etwas neues sein, denn ich trinke so unmäßig an dem Nektarbecher bis ich ihn in mich geschlürft habe; und wenn er denn leer ist, das ist unerträglich.« Und immer wieder steht sie vor dem gleichen Zwiespalt: die alles verzehrenden Ansprüche in sich abzutöten – oder ihnen freien Lauf zu lassen und daran zugrunde zu gehen, daß sie niemals einzulösen sind.

Karolines engste Freundinnen sind Lisette Nees von Esenbeck, deren Stiefschwester Susanne von Heyden und vor allem Bettine Brentano, die elternlose Enkelin der Sophie von La Roche. Durch Bettine macht sie Bekanntschaft mit Clemens und mit Gunda, der späteren Frau von Savigny. Den Juristen Friedrich Carl von Savigny sieht sie das erste Mal im Sommer 1799 in Lengfeld und wenig später auf dem Hofgut der Savignys unweit von Hanau ein zweites Mal. Sie verliebt sich in ihn, schreibt ihm Briefe. Er zeigt sich einer solchen Korrespondenz durchaus nicht abgeneigt, gibt aber über seine eigenen Ambitionen nur ausweichend Auskunft. So im Brief vom 14. Dezember 1803: »Ich wollte Ihnen sagen, daß es entsetzlich unnatürlich zugehen müßte, wenn wir beide nicht sehr genau Freunde werden sollten. Sie glauben nicht, mit welcher Klarheit und Gewißheit ich einsehe, daß die Natur diesen Plan mit uns hat, ja sie interessirt sich so sehr dafür, daß sie selbst das Schicksal gebeten hat, alles so recht wunderlich und vortrefflich dazu einzurichten.«

Im April 1804, wenige Wochen vor der Heirat Savignys mit Gunda, schickt sie ihm statt eines Briefes ein Sonett, das sie unter dem Titel *Der Kuß im Traume* und mit dem Zusatz *aus einem ungedruckten Romane* in den Band *Poetische Fragmente* aufnimmt:

Es hat ein Kuß mir Leben eingehaucht,
Gestillet meines Busens tiefstes Schmachten.
Komm Dunkelheit! mich traulich zu umnachten,
Daß neue Wonne meine Lippe saugt.

In Träume war solch Leben eingetaucht.
Drum leb' ich, ewig Träume zu betrachten,
Kann aller andern Freuden Glanz verachten,
Weil nur die Nacht solch süßen Balsam haucht.

Der Tag ist karg an liebesüßen Wonnen,
Es schmerzt mich seines Lichtes eitles Prangen
Und mich verzehren seiner Sonnen Gluten.

Drum birg dich Aug' dem Glanze ird'scher Sonnen!
Hüll dich in Nacht, sie stillet dein Verlangen
Und heilt den Schmerz, wie Lethes kühle Fluten.

Heftige Leidenschaft und abgrundtiefe Verzweiflung darüber, sie niederringen, ihrer Liebe entsagen zu sollen, spricht aus vielen Gedichten der Günderode. Verzweiflung allerdings nicht allein des endgültigen Verzichts auf Savigny, des Endes eines schönen Traumes wegen – sondern weil dies alles sie nur in dem Glauben bestärkt, nicht sie selbst sein zu dürfen, eine Maske tragen zu müssen, mit deren Hilfe sie verbirgt, was sie für sich fordert: zu lieben, wen und wie sie mag, ohne Rücksicht auf die Konvention, die Moral der gebildeten Stände, und zu schreiben, um wenigstens auf diese Weise auszusprechen, was sie leidet.

Von den literarischen Plänen der Günderode scheint außer Bettine, der sie einige Gedichte vorgelesen hat, außer Savigny, dem sie gesteht, an einem Drama zu schreiben, und außer Nees von Esenbeck, dem Gatten ihrer Freundin Lisette, der offenbar zwischen der Dichterin und dem Verlag (der J.C. Hermannschen Buchhandlung in Frankfurt und Hamburg) vermittelt hat, niemand etwas zu ahnen. Wenige Wochen nach Veröffentlichung der *Gedichte und Phantasien* erreicht sie ein mehrere Seiten langer Brief Clemens Brentanos, der folgendermaßen beginnt: »Ich habe gehört die Lieder und Erzählungen, welche unter dem Namen Tian erschienen sind, seyen von Ihnen, Betine wollte es als gewiß wissen, und zwar durch das Gedicht *Der Franke in Ägypten*, das Sie ihr schon einmal als ein Kind Ihrer ersten kindschen Seele eingestanden hätten, und durch die vortreffliche Romanze *Don Juan*, die Sie ihr auch eingestanden, ich habe in dieser Idee mir diese Lieder verschrieben, ich habe sie mit Entzücken gelesen, es scheint mir möglich, daß sie von Ihnen seyen, aber ich kann es dann wieder nicht begreifen, daß ich eine solche Vollendung in Ihrem Gemüth nicht sollte verstanden haben, liebe Karoline, zwei Stunden sind es kaum daß ich Ihre Lieder gelesen, die Idee, daß sie von Ihnen seyn könnten, hat mich durch Berg und Thal gejagt, ich habe weinen müssen über das wunderbare Geschick meiner Empfindungen, und nun weiß ich doch nicht mehr, als vorher, ob die Lieder von Ihnen sind, weiß ich nicht, aber daß das, was ich in diesem Augenblick fühle, Ihnen gehört, das weiß ich.« Datiert ist er auf den 1. Mai 1804.

Vom Gut der Savignys aus, wo sie sich einige Tage aufhält, schreibt Karoline ihm nach Marburg, was er aus dem neuesten Heft von August von Kotzebues Journal *Der Freimütige* schon erfahren hat: Tian sei niemand anderer als sie. In einem zweiten Brief, wenige Tage danach, fügt sie hinzu: »Wie ich auf den Gedanken gekommen bin, meine Gedichte drucken zu lassen, wollen Sie wissen? Ich habe stets eine dunkle Neigung dazu gehabt, warum? und wozu? frage ich mich selten; ich freute mich sehr, als sich jemand fand, der es übernahm, mich bei dem Buchhändler zu vertreten; leicht und unwissend, was ich tat, habe ich so die Schranke zerbrochen, die mein innerstes Gemüt von der Welt schied; und noch hab ich es nicht bereut.« So am 10. Juni 1804.

Brentano hat ihr die artigsten Komplimente gemacht, mit seiner Kritik an den Gedichten aber durchaus nicht hinter dem Berg gehalten. »Sie müssen sich bemühen, von der grauen Reflexion zur bunten, lebendigen Darstellung überzugehen, um sich Ihrer Anlage zu entreißen und zur eigentlichen Macht zu gelangen«, rät er ihr. »Das einzige, was man der ganzen Sammlung Böses vorwerfen könnte, wäre, daß sie zwischen dem Männlichen und Weiblichen schwebt, und hier und da nicht genug Gedichten, sondern sehr gelungen aufgegebenen Exerzitien oder Ausarbeitungen gleicht; dieses erscheint besonders durch einen hie und da hervorblickenden kleinen gelehrten Anstrich, der oft nicht im Gleichgewicht mit dem Ganzen steht, zum Beispiel Worte wie Adept, Apokalyptisch und so weiter als Titel.«

Erneut kommt er, spürbar in Verlegenheit, auf ihre erste Begegnung, den Beginn ihrer Freundschaft, ihr durchaus nicht ungetrübtes Verhältnis zueinander zu sprechen. Brentano mag es ähnlich ergangen sein wie Savigny: sie fühlen sich angezogen von dieser Frau, suchen ihre Gegenwart, ihre Nähe, tauschen mit ihr sehr vertrauliche Briefe und verschwiegene Zärtlichkeiten aus – und verbinden sich mit einer anderen, ohne freilich von ihr völlig lassen zu wollen. Die Antwort an Brentano ist schroff und deutlich genug: »Da ich heut sehr aufrichtig gegen Sie sein will, so muß ich Ihnen das noch sagen, daß in mir noch kein eigentliches Verhältnis zu Ihnen ist; wenn es werden kann, so soll michs freuen, es wird von Ihnen ausgehen müssen; doch wenn es nicht sein könnte, so würde mich das kaum betrüben. Meine Beziehung zu Ihnen ist nicht Freundschaft, nicht Liebe, meine Empfindung bedarf daher keines Verhältnisses, sie gleicht vielmehr dem Interesse, das man an einem Kunstwerk haben kann, aber verworrene, mißverstandene Verhältnisse könnten mir dies Interesse trüben.«

Wie der Günderode in Wahrheit zumute ist, erfahren wir aus ihren Gedichten:

Kann ich im Herzen heiße Wünsche tragen?
Dabei des Lebens Blütenkränze sehn,
Und unbekränzt daran vorüber gehn
Und muß ich traurend nicht in mir verzagen?

Soll frevelnd ich dem liebsten Wunsch entsagen?
Soll mutig ich zum Schattenreiche gehn?
Um andre Freuden andre Götter flehn,
Nach neuen Wonnen bei den Toten fragen?

Im Sonett *Überall Liebe* aus dem erst nach dem Tod seiner Verfasserin gedruckten Band *Melete von Ion* scheint sie nur einen einzigen Ausweg zu sehen: den Weg in den Tod.

Verloren ist wen Liebe nicht beglücket,
Und stieg er auch hinab zur styg'schen Flut,
Im Glanz der Himmel blieb er unentzücket.

So lauten die Schlußverse, die abgrundtiefe Verzweiflung in Worte fassend, die mit dem Ausmaß des Leids zugleich die Entschlossenheit verraten, ihm ein Ende zu machen. Eines ihrer letzten Billetts schickt sie, nicht lange vor ihrem Tod, an Lisette Nees von Esenbeck: »Dein Brief Lisette, hat mich sehr gerührt. Du aber bist doch heiter? nicht wahr Du hast keine schlimmen Ahndungen? ich sehe diesmal mit viel mehr Ruhe und Zuversicht Deiner Zukunft entgegen als das vorige mal; mir ist das Schicksal hätte gesagt, Du solltest leben, – wenn es anders wäre, es wäre auch ein Unsinn. Nach mir fragst Du? Ich bin eigentlich lebensmüde, ich fühle daß meine Zeit aus ist, und daß ich nur fortlebe durch einen Irrthum der Natur; dies Gefühl ist zuweilen lebhafter in mir, zuweilen blässer. Das ist mein Lebenslauf. adieu Lisette.« Man lese nach, was sie Carl Friedrich Creuzer und Karl Daub in den letzten zwölf Monaten ihres Lebens geschrieben hat, um dieses Leben ringend, den finsteren Ahnungen trotzend, in denen sie das ihr bestimmte Schicksal zu erkennen glaubt, und der alles verzehrenden Leidenschaft am Ende dennoch unterliegend. Darin spiegelt sich, oft nur in zaghaften Andeutungen, flüchtigen Konturen, was in ihren Gedichten unmißverständlichen Ausdruck findet: die Tragödie einer Frau, die lieber in den Tod geht, als dem Anspruch auf vollkommenes Glück zu entsagen.

Entsagen, dieses Wort benutzt sie selbst in einem Brief an Daub aus dem Jahr 1805: »Ist das eine rechte Ehe, wenn zwei Wesen sich gänzlich verstehen und lieben, sich besitzen und besessen werden, wenn das innerste, heiligste Leben des Einen sich nur von dem Andern entzündet und nährt? und wenn das eine rechte Ehe ist, so ist die eine Sünde an der Natur, die zwei Gemüther, die sich einander nicht genügen, nicht verstehen und lieben, in eine peinigende Fessel schlägt, in welcher das Herz des Einen sich in unbefriedigender Sehnsucht qualvoll verzehrt; und warum, weil es sich einmal irrte, mag es verschmachten, wer fragt nach dem heimlichen Ächzen des gemisshandelten Herzens, wenn nur der Mensch nicht gleich darüber stirbt, so beruhigen sich alle, meinend, es werde sich schon geben; aber es gibt sich nicht, und viel schlimmer ist es, so leben als sterben. Können Sie glauben, die Frau würde nun glücklich sein wenn ich entsagt hätte? wahrlich es kann ihr nicht wohl sein im Bewusstsein, dass sie einen Mann zwinge, ihr zu bleiben, dessen ganzes Wesen sich weg sehnt von ihr.«

Im August 1804 hat Karoline in Heidelberg die Bekanntschaft des Altertumswissenschaftlers Carl Friedrich Creuzer gemacht, der wenige Monate zuvor aus Marburg an die Heidelberger Universität berufen worden war. Creuzer, mit der dreizehn Jahre älteren Witwe seines früheren Lehrers verheiratet, verliebt sich auf der Stelle. »Die Stille des Thales, in das sich mein Weg verlor, und die verbergende Beschattung der Bäume – sie stimmte allein zu der Heimatlichkeit meines zufriedenen Gefühls – und indem ich dankbar durch die Zweige in den blauen Himmel sah – war es mir, als sähe ich in Ihre lieben Augen.« So schreibt er ihr in seinem ersten Brief vom 4. Oktober 1804. Die Günderode erwidert seine Zuneigung mit schwärmerischer Heftigkeit. Wäre das, endlich, der Mann, dessen Liebe sie mit keiner anderen teilen muß?

Sie treffen sich einige Male an verschwiegenem Ort, schicken sich auf konspirativen Wegen Briefe, in denen Creuzer sie zärtlich seine Muse, seine Poesie nennt, während Karoline in die Rolle des Freundes schlüpft, der die Geliebte besingt:

> Wie ist ganz mein Sinn befangen,
> Einer, Einer anzuhangen;
> Diese Eine zu umfangen
> Treibt mich einzig nur Verlangen;
> Freude kann ich nur gewähren,
> Heimlich diesen Wunsch zu nähren,
> Mich in Träumen zu betören,
> Mich in Sehnen zu verzehren,
> Was mich tötet zu gebären.

So die ersten Verse des Gedichts *Die Einzige* aus dem Band *Melete von Ion*. Das Glück scheint zerronnen, die Liebe verloren, sobald die Sängerin auch nur die Hand danach ausstreckt, um den Traum für einen einzigen Augenblick Wirklichkeit werden zu lassen. »Die Freundschaft, wie ich sie mit Ihnen meinte«, bedrängt sie Creuzer in einem mitten im Satz abreißenden Brief, »war ein Bund auf Leben und Tod. Ist Ihnen das zu ernsthaft?«

Wenig später beschwört sie ihn: »Du wurdest ein Fremdling in deiner nächsten Umgebung, als du eine Heimat fandest in meinem Herzen. So viele Opfer mußtest du mir bringen, wer weiß, wie viele, die ich nicht kenne. Natürlich fragst du endlich, wohin das führe? Du erblickst kein Ziel; darf ich dich aufhalten, wenn du umkehrst, die vernachlässigten Bande wieder neu anknüpfst, darf ich es nur versuchen, nachdem du in deinem letzten Brief gestanden, dein Geist erlahme unter einem so schwankenden Verhältnis?«

Den Plan, sich von seiner Frau zu trennen, um mit Karoline zusammenleben zu können, hat Creuzer sehr bald wieder fallengelassen. Der Ratschlag des kleinmütigen Liebhabers lautet: »Sie muß es in Zeiten lernen muß einsehen lernen daß die Welt nicht ihr Vaterland, das bürgerliche Leben nicht ihr Clima, und ein Mann der bei beiden zum Lehn geht, ein untauglicher Pfleger ist der zarten Himmelsblume. Es wird immer ärger werden, und immer mehr seh ich es ein, wie ich werde mehr und mehr zurücksinken in den Wust des gemeinen Lebens.« Und dieser Mann, gerade vierunddreißig Jahre alt, verhehlt nicht, was er damit meint: »Hat der Freund wohl je etwas empfunden von der stillen Macht der Gewohnheit? Kennt er die Sitte des häuslichen Lebens? und versteht er die Abhängigkeit des häuslichen Lebens von zufälligen Beschränkungen: Namentlich von dem Raum und der Einschränkung der Wohnung? Bedenkt er den Zwang örtlicher Nähe? Berechnet er die geforderten und freiwillig dargebotenen Dienste, die der Leib herbeiführet – der oft kränkelnde Leib dessen der ihn nicht achtet noch schonet?« (Brief vom 23. Juli 1805)

Eine zweifache Enttäuschung also: daß Creuzer, obwohl er einräumt, »daß wir nicht mehr Mann und Frau sind«, sich aus seiner Ehe nicht lösen mag – und dafür Gründe anführt, wie sie, in den Augen Karolines, schnöder nicht sein können. Doch sie scheint sich auch mit dieser Niederlage fürs erste abgefunden zu haben. Allerdings findet sie dafür merkwürdige Worte: »Mein ganzes Leben bleibt Dir gewidmet, geliebter, süßer Freund. In solcher Ergebung in so anspruchsloser Liebe werd ich immer Dir angehören Dir leben und Dir sterben. Liebe mich auch immer Geliebter. Laß keine Zeit, kein Verhältniß zwischen uns treten. Den Verlust Deiner Liebe könnte ich nicht ertragen. Versprich mir mich nimmer zu verlassen. O Du Leben meines Lebens verlasse meine Seele nicht. Sieh es ist mir freier und reiner geworden, seit ich allem irdischen Hoffen entsagte. In heilige Wehmuth hat sich der ungestüme Schmerz aufgelöst. Das Schicksal ist besiegt. Du bist mein über allem Schicksal. Es kann Dich mir nicht mehr entreißen, da ich Dich auf solche Weise gewonnen habe.« So ihr Brief vom 18. November 1805: in Wahrheit ein Abschiedsbrief?

Im Juni 1806 trifft Creuzer die Günderode ein letztes Mal in Frankfurt. Tief erschöpft kehrt er von dieser Reise zurück, am Ende seiner Kräfte. Er wird schwer krank, fällt in ein Nervenfieber, läßt einige Zeilen aufsetzen, die ihr mitteilen sollen, daß ihr Verhältnis aufgelöst sei. Diese Nachricht erreicht sie im Haus des Kaufmanns Merten zu Winkel am Rhein. Beiläufig verabschiedet sie sich zu einem Spaziergang am Fluß. Am Morgen des nächsten Tages findet man ihren Leichnam, der Oberkörper liegt im Wasser. Wo Karoline von Günderode begraben liegt, weiß niemand genau zu sagen. Vielleicht dort, wo man vor vielen Jahren einen Grabstein in die Friedhofsmauer einließ, auf dem zu lesen steht: Caroline von Günderode, die Dichterin, geboren in Carlsruhe 1780, endete ihr Leben 1806.

Winkel am Rhein – ein idyllischer Ort, treffliche Kulisse für ein Kammerspiel, ein Stück um zwei Personen, die einander niemals begegnet sind: von Grund auf verschieden und dennoch aufs engste verwandt, ihrer Zeit, der Welt, in der sie leben, weit voraus. In Christa Wolfs Erzählung sagt es die Günderode so: »Daß die Zeit uns verkennen muß, ist ein Gesetz. Wir sind sehr einsam. Irrsinnige Pläne, die uns auf die exzentrische Bahn werfen. Auch wenn man bereit ist zu sterben, tun die Verletzungen weh, welche die Menschen uns zufügen müssen; nimmt uns der Druck der eisernen Platten, die näherrücken, uns zu zerquetschen oder an den Rand zu drücken, allmählich doch den Atem. Kurzatmig, angstvoll müssen wir weitersprechen, das wissen wir doch. Auch, daß uns keiner hört. Auch daß sie sich gegen uns wehren müssen: Wo kämen sie hin. Dahin, wo wir sind – wer wollte es ihnen wünschen.«

Franz Josef Görtz

Bettine von Arnim im Insel Verlag

Bettine von Arnims Armenbuch
Herausgegeben von Werner Vordtriede. it 541

Aus meinem Leben
Zusammengestellt und kommentiert von Dieter Kühn. 1982. it 642

Die Günderode
Mit einem Essay von Christa Wolf. 1982
– it 702. 1983

Dies Buch gehört dem König
Herausgegeben von Ilse Staff. 1982. it 666

Goethes Briefwechsel mit einem Kinde
Insel-Bibliothek Leinen- oder Lederausgabe
– it 767. 1984

Der Briefwechsel Bettine von Arnims mit den Brüdern Grimm. 1838 bis 1841
Herausgegeben von Hartwig Schultz. Mit Abbildungen. 1984

Bettine von Arnim, Clemens Brentanos Frühlingskranz aus Jugendbriefen ihm geflochten wie er selbst schriftlich verlangte
Mit einem Nachwort von Hartwig Schultz. 1985
– it 812

Lyrik, Liedersammlungen

Allerleirauh
Viele schöne Kinderreime, versammelt von H. M. Enzensberger. Mit zahlreichen Abbildungen. it 115

Alte und neue Lieder
mit Bildern und Weisen. Herausgegeben von Johannes Bolte u. a. Mit Illustrationen von Ludwig Richter, Otto Ubbelohde, Moritz v. Schwind u. a. it 59

Achim von Arnim/Clemens Brentano. Des Knaben Wunderhorn
Alte deutsche Lieder. it 85

Charles Baudelaire. Die Blumen des Bösen
Übertragen von Carlo Schmid. it 120

William Blake. Lieder der Unschuld und Erfahrung
Nach einem handkolorierten Exemplar des British Museum. Herausgegeben und mit einem Nachwort versehen von W. Hofmann. Deutsch von W. Wilhelm. it 116

Bertolt Brechts Hauspostille
Mit Radierungen von Christoph Meckel. it 617

Wilhelm Busch. Kritisch-Allzukritisches
Gedichte. Ausgewählt von Theo Schlee. Mit Illustrationen von Wilhelm Busch und einem Nachwort des Herausgebers. it 52
– Sämtliche Bilderbogen. Mit einem Nachwort von Gert Ueding. it 620

Lewis Carroll. Die Jagd nach dem Schnark
Zweisprachige Ausgabe. Übersetzt und ausgeleitet von Klaus Reichert. Mit Illustrationen von Henry Holiday. it 598

Chinesische Liebesgedichte aus drei Jahrtausenden
Aus dem Chinesischen von Ernst Schwarz. Mit zeitgenössischen Illustrationen. it 442

Dante. Die göttliche Komödie
Mit Holzschnitten von Botticelli. Deutsch von Friedrich Freiherrn von Falkenhausen. it 94

Joseph Freiherr von Eichendorff. Gedichte
Mit Illustrationen von Otto Ubbelohde. Herausgegeben von Traude Dienel. it 255

Lyrik, Liedersammlungen

Geistliche Gedichte
Eine Auswahl deutscher religiöser Lyrik von den Anfängen bis zur Gegenwart. Herausgegeben von Hans Rüdiger Schwab. it 668

Johann Wolfgang Goethe. Gedichte in zeitlicher Folge
Eine Lebensgeschichte Goethes in seinen Gedichten. Herausgegeben von Heinz Nicolai. Zwei Bände. it 350
– Hermann und Dorothea
Mit Aufsätzen von August Wilhelm Schlegel, Wilhelm von Humboldt, Georg Wilhelm Friedrich Hegel und Hermann Hettner. Illustrationen von Chodowiecki u. a. it 225
– Liebesgedichte
Herausgegeben von Hans Gerhard Gräf. Mit einem Nachwort von Emil Staiger. it 275
– West-östlicher Divan
Herausgegeben und erläutert von Hans-J. Weitz. Mit Essays zum »Divan« von Hugo von Hofmannsthal, Oskar Loerke und Karl Krolow. Mit Abbildungen. it 75

Heinrich Heine. Atta Troll. Ein Sommernachtstraum. Mit zeitgenössischen Illustrationen und einem Nachwort von Bernd Korthänder. it 748
– Buch der Lieder. Mit zeitgenössischen Illustrationen. Mit einem Nachwort von Eberhard Galley. it 33
– Deutschland. Ein Wintermärchen
Mit einem Nachwort von Joseph Peter Strelka. it 723

Das Hohe Lied Salomos
Nachdichtungen und Übersetzungen aus sieben Jahrhunderten. Herausgegeben von Hermann Timm. Mit zwölf Bildern von Anatoli L. Kaplan. it 600

Indische Liebeslyrik
In Übertragungen von Friedrich Rückert. Herausgegeben und eingeleitet von Helmuth von Glasenapp. it 431

Gottfried Keller. Das Sinngedicht
Mit Illustrationen. Herausgegeben und mit einem Nachwort von Gerhard Kaiser. it 632

Dieter Kühn. Liederbuch für Neidhart. it 742

Lyrik, Liedersammlungen

Minnesinger
In Bildern der Manessischen Liederhandschrift. Mit Erläuterungen herausgegeben von Walter Koschorreck. Vierundzwanzig Abbildungen im Vierfarbendruck. it 88

Christian Morgenstern. Alle Galgenlieder
Mit Vignetten Morgensterns. it 6
– Palmström. it 314

Rainer Maria Rilke. Ausgesetzt auf den Bergen des Herzens
Gedichte aus den Jahren 1906 bis 1926. it 98
– Das Buch der Bilder. it 26
– Duineser Elegien. Die Sonette an Orpheus. it 80
– Die drei Liebenden. Die Sonette der Louize Labé. Die Liebe der Magdalena. Portugiesische Briefe. Die Briefe der Marianna Alcoforado. it 355
– Gedichte
Aus den Jahren 1902 bis 1917. Mit Illustrationen von Max Slevogt. it 701
– Neue Gedichte
und Der Neuen Gedichte anderer Teil. it 49
– Das Stunden-Buch
Mit einer Titelzeichnung von W. Tiemann. it 2

Sappho. Strophen und Verse
Übersetzt und herausgegeben von Joachim Schickel. it 309

Der tanzende Tod
Mittelalterliche Totentänze. Herausgegeben, übersetzt und kommentiert von Gert Kaiser. it 647

Die Wahrheiten des G. G. Belli. Von Otto Ernst Rock. it 754

Frank Wedekind. Ich hab meine Tante geschlachtet
Lautenlieder und Gedichte. Herausgegeben und eingeleitet von Manfred Hahn. it 655

Weihnachtsbuch der Lieder
Ausgewählt und zusammengestellt von Gottfried Natalis. Mit einem Nachwort von Ernst Klusen. it 157

insel taschenbücher
Alphabetisches Verzeichnis